ヤクザの愛の巣に鎖で繋がれています
Sin Inazuki
稲月しん

CHARADE BUNKO

Illustration

秋吉しま

CONTENTS

ヤクザの愛の巣に鎖で繋がれています ——— 7

ヤクザから独占欲で縛られています ——— 189

あとがき ——— 254

ヤクザの愛の巣に鎖で繋がれています

CHARADE BUNKO

右よし。

左、よし。

監視員は全部で三名。うち、二名はキッチンで片づけ中。あとの一名はトイレに入ったところだ。

「あっ」

わざとらしく声を上げてコップを倒す。高そうなコップだけどここは犠牲になってもらうしかない。

カシャン、と音がしてガラスが散らばる。割れる音さえ高級に聞こえるのは気のせいだろうか。

「大丈夫ですかっ?」

「お怪我は……? 早く離れてください。ここは俺たちが」

キッチンから駆けつけてくるふたりの動きが速い。先に来た方は手にしたタオルをオレに渡し、もうひとりは箒とちりとりを抱えている。申し訳ないがこれも計画のうちだ。

「ちょっと濡れちゃったからシャワー浴びてきます」

「はい。着替えはご用意しますので」

すみません、と言いながらオレは平静を装いつつ浴室へ向かう。急ぎ足にならないよう、注意して。

浴室のドアを開けてシャワーのコックを捻り、脱衣所に戻ると気合いを入れるために両頬をぱんと叩いた。計画は順調。大丈夫。オレならやれる。

そうっと廊下に続くドアを開ける。よし。最後のひとりはまだトイレから出ていない。朝から腹の調子が悪いって言ってたから時間がかかるだろう。そしてやけに造りのいいこのマンションではリビングの喧噪なんてトイレに聞こえていないはず。

できるだけ音を立てないように向かったのは玄関。

下駄箱から靴を取り出すと手に持ったまま重い扉を押した。


「上手くいった……」

非常口を出たところでほっと胸を撫で下ろして靴を履いた。

あとは一気に駆け下りる。

すぐに気づかれるかもしれないけれど、とりあえず脱走は成功だ。

オレは秋津比呂。二十歳。某大学の三年生だ。

特徴といえば、無駄に整っている顔だろう。この顔のおかげでいろいろ苦労はしてきたが、まあモテているのでよしと思っていた。何故過去形なのかと言うと話せば長い。長いが……纏めるとヤクザに惚れられて追いかけ回された。

好きだ、愛してる、離さない。そんな甘い言葉を並べられ、うっかり絆されてしまったのはつい二ヶ月ほど前の話だ。

そう、オレの恋人柏木浩二はヤクザで男。年齢は二十九歳。無駄に貫禄があるせいで出会ったころは三十代だとばかり思っていた。

笑うなら笑え。ありえないと感じてるのはオレも同じだ。

で、現状なのだがオレは今、柏木と一緒に住んでいる。

つき合って二ヶ月で早いと驚くな。つき合い始めた初日から一緒に住んでるからな。ついでに言えば、出会ったその日からオレは自分の部屋に帰ることなく同棲に持ち込まれた。元の部屋に戻ろうとすると、オレの警護のためにとマンションの住人を入れ替えそうな勢いだったんだから仕方ない。

隣に住んでたFカップ美女に別れを告げることもなく、オレの知らないところで引っ越しは済まされていた。

コンビニのバイトはクビになった。柏木との鬼ごっこ初日に業務を抜けたのもまずかったが、その後何日もバイトに出られない日が続いたのがよくなかった。この顔のよさで客を引きつけいろいろ大目に見てもらっていたけれど、雇い主に不満がなかったわけではないらしい。すみませんとしか言いようがない。そこはおおむね自業自得だ。

で、どうしてオレが脱走をしたかというと、柏木浩二の重すぎる愛のせいである。

一応、弁護しておくが柏木は監禁が趣味ということではない。縛られたり縛ったりの趣味でもない。

ただアイツはオレに対して異常に甘い。その甘さが一介の大学生に護衛をつけるなんて行動に繋がっている。

護衛をきっぱり拒否できなかったオレも悪いけど、国内トップクラスのヤクザの御曹司な柏木の立場もある。あとは「お前を守ることに一切手を抜く気はない」なんて真顔で言われてちょっとキュンとしてしまった。

オレが言うのもなんだけど、柏木浩二は男前だ。すっと伸びた鼻筋に、意思の強そうな眉。普段は圧倒的なオーラを纏っているのに、オレの前ではその顔を簡単に崩してしまう。キリッと引きしめた表情が一瞬で子供みたいに変わるんだ。そのギャップにやられない奴がいるんだろうか。オレはやられた。いや、それはこの際置いておく。

問題は護衛だ。そのせいでオレはこの二ヶ月、ひとりになれる時間がない。

マンションには常に二、三人の護衛がいる。部屋の中に、だ。柏木が帰ってくると部屋の護衛はいなくなるけれど、かわりに外の護衛が増えたりする。大学へは当然のように送迎がつき、電車のＩＣカードは取り上げられた。コンビニ行きます、と言っただけで強面の人がついてくる。

　あと変わったのはお金、か。度重なる脱走を試みた結果、銀行のキャッシュカードを取り上げられた。貯めてたバイト代も親からの仕送りも、それがなければ引き出すことはできない。かわりにオレに渡されたのは黒い色のクレジットカードだ。

　もちろん最初は拒絶したが、そうなれば昼食代にも困る。意地になって使わないでいると大学に高級弁当が届けられるようになって諦めた。本物なんて今まで見たことなかったあの噂のカードを学食で出す虚しさを知っているか？

　で、昼食代にしか使わないオレに今度は柏木がやたらと高級な服や小物を買ってくるようになった。それに対して文句を言うと『じゃあ好きなものを選んでこい。そうしたらやめてやる』だ。そうやって徐々に柏木の金を使うことに慣れさせようとしている。まんまとアイツの術中に嵌まっているよな。わかっていても、口も手段も向こうが上で柏木を説得しようと思ってもいつの間にか丸め込まれている。ヤクザってこういうふうに借金を背負わせるのか？　世間は怖い。

　一体誰がこの生活に順応できるというんだろう？

　最上階の七階から階段を一気に駆け下りるとさすがに息が上がる。脱走に気づかれるまでの間にできるだけ離れておきたい。

　そう、思ったのに。

一番下まで来たところでオレの足が止まる。

「嘘だろ」

目の前には大柄な男。窮屈そうなスーツに身を包んでいる彼は、オレを見つけて少し驚いたようだった。

「……秋津さん、お出かけの予定がありましたか？」

「こないだまで非常階段はノーマークだったじゃん」

「三日ほど前から新たに配置されました」

三日前という言葉に、オレはがっくり肩を落とす。ちょうど三日前、マンションに入るときにさりげなく非常階段の周囲をチェックした。チェックといっても見に行ったとかではなくて遠くから確認しただけだ。どうやらそれに気づかれて、警戒されたらしい。

「どこかに行かれるなら高崎と連絡を取りますが、どうされますか？」

高崎さん……。それは柏木がオレにつけた専属の護衛の名前だ。人を油断させるような外見のくせに、こうして何度となくオレの脱走を阻んでくれる。

「……部屋に戻ります」

「送りましょう。エレベーターを使われますか？」

七階分の階段をまた上るのも億劫でオレは溜息とともにその申し出を受け入れた。

「比呂さん」

玄関を開けると高崎さんが廊下で情けない顔をしていた。シャワーの音が聞こえないところを見ると早々にオレの脱出に気づいたようだ。お腹壊してたくせに。

高崎さん（推定年齢三十八歳、男。多分バツ三）は護衛の他にも、柏木と連絡を繋いだりどこかへ行くときの送り迎えだったり……オレが困らないようにしてくれるのが仕事のようだ。

見た目はそのへんにいるサラリーマン。電車なんかに乗ってると紛れ込んで印象に残らないくらい普通のおじさんだ。しいて特徴をあげるなら目元はちょっと下がり気味。鼻は大きめで、眉が太い。安物のスーツは本人曰く目立たないためらしいが、倹約が好きそうな気がする。

身長はオレと同じ百七十センチくらい。ほっそりしているように見えるけど、腕を触らせてもらったら驚くぐらい固かった。着やせしているだけで、かなり鍛えている。まあ、そうじゃなきゃ護衛なんかに選ばれないよな。

「……ただいま」

えへ、と可愛く笑ってみる。本当に可愛いかどうかはわからない。

「どこか行きたいところがあるのでしたら、言っていただければ」

「コンビニ」

「では、すぐに」

「レンタルビデオ屋」

「はい」

「ダーツ、カラオケ、ボーリング。飲み会。バイト」

「……」

別にどこかへ行きたいわけじゃない。オレは自由になりたいだけなんだ。

「飲み会とバイト以外でしたらおつき合いしますので」

「え？　高崎さんカラオケとかするの？」

「アニソンは任せてください」

アニソン！

意外なものが高崎さんの口から出てきて驚いた。ひょっとしてオタクなんだろうか。だからバツ三なのか？　いや、関係ないか。

「ボーリングは得意です。アベレージ百八十です」

「マジで！」

すげえ。オレ、最高でも百八十なんて出したことな……ああ、ダメだ。高崎さんのペースに巻き込まれて一緒にボーリング行こうなんて言いそうになった。違うんだ。問題はそこじゃない。

「ひとりで出かけたい」

「ありえません」

即行で却下される。わかっていたから脱走しようとしたんだけど。

「ヤクザ連れて原宿や渋谷とか行きたくない」

「でしたら朝霞さんに」

「やだ。可愛い女の子と歩きたい」

「……それ相応の覚悟が必要かと思われますが」

ソウデスネー。

嫉妬深い恋人を思い出して乾いた笑いを浮かべる。オレはこの先、永遠にナンパもできないのかと思ったら急に眩暈がした。オレの取り柄はこの顔くらいなのに、それを活かす最大の機会はもう訪れない。

それは冗談だとしても、なんだか悔しくて携帯を取り出した。柏木のアドレスを呼び出してメールを送る。

タイトルなし。本文には『ばーか』とだけ入れて。

やつあたりくらいはさせてくれ。自由のないこの生活にオレはストレスを溜め込んでいるんだ。

靴を脱いで部屋に上がると、ピコンと携帯が音を立てた。どうやら柏木から返信が入ったらしい。

『今夜は何か食べに行くか？』

オレの恋人は大人だ。

やつあたりも軽く受け流してやがる。

「おはようという時間でもないけどな」

「おはよー」

そりゃそうだ。時計の針はすでに十二時を回っている。脱走も失敗し、仕方ないので講義を受けに来た。いや、仕方なくはない。いいかげんこれ以上休むと単位がヤバい。中途半端な時間だけど亮はどうせ大学のカフェテリアで昼食をとるだろうから一緒に食べようと思って早めに来た。脱走が成功していたら大学に来なかったかもとかは考えない。

亮……、朝霞亮は中学時代からの親友だ。何かと気が合って、高校、大学と一緒だった。柏木に会うまではバイトまで同じところでしていたくらいだ。

頼りがいがあるし、頭も要領もいい。爽やかな笑顔は誰でも好印象を与えるだろう。

柏木と同じく家がヤクザで、その後継者だということは最近知った。驚きがなかったといえば嘘になるけど、すんなりと受け入れられたのは同年代の知り合いとはどこか違う落ち着いた空気を持っているせいだろう。

あれ？　オレべた褒めだな。仕方ないか。亮には昔から世話になりっぱなしだ。

大学に行くときは、すぐ近くまで車で送ってもらって、そこに亮が迎えに来てくれる。亮とは取っている講義がほぼ一緒だ。そのせいもあって構内では亮がオレの護衛だ。申し訳ないとは思うが実際のところ、いつもつるんでたのだから今までとたいして変わりはない。

「柏木さんとの生活はどうだ？」

カフェテリアへ続くドアを開けながら、亮が直球で聞いてきた。大学を休むことが多くなってそれなりに心配しているのだろう。

「うー……ん。思ったより、ヒマだな」

「ヒマ？」

「帰ってくるのおせえし、出て行くのは早いし、あんまり会話する時間がない。高崎さんに麻雀（マージャン）教えてもらってたんだけど、それも禁止されるし、最近じゃ誰もゲームの相手してくれねえし」

カフェテリアは去年改装されてそこそこおしゃれになっている。天井が高いから日差しが差し込んで、白いテーブルが映える。窓側に沿ってカウンター席が置かれていて、オレと亮はふたりで並んでそこに座ることが多い。だいたい、いつも座るのは右端の席だ。そこは日差しが強いので女子は避けることが多く、空いている確率が高い。

　今日も安定の空席だ。先に席を取っておかなくても大丈夫だろうと判断してレジに向かう。

　うちの大学は先にレジでお金を払い、トレーを持って注文の品を受け取っていくシステムだ。

「……護衛の人だって仕事でお前のそばにいるんだろう。ゲームにつき合わせるのは酷じゃないか」

　張り出されている日替わりはA定食が竜田丼でB定食が生姜焼き。C定食はたいていパスタなのでいつもオレの候補から外れる。ひとり暮らしを始めてから炊飯器で炊いた米なんてここ以外であんまり食えないんだよ。もうひとり暮らしではなくなったとはいえ、なかなかその習慣は抜けない。

　うーん、竜田丼かな。うちの大学の竜田丼はかなり美味い。竜田揚げって大学入るまで食べたことなかった。から揚げに似てるけどから揚げより味が濃くて美味いんだよな。それがほんの少しタレをかけた白ご飯の上に乗ってるんだ。大きめのが五個も！　これを頼んでおけば間違いない。

　レジには数人が並んでいて、少しだけ待つ。

「だってマンションのエントランスや、非常階段なんかにも人を配置してんだぜ？　部屋の中にいる護衛にまで仕事ないだろ」

「非常階段？」

「今日、高崎さんの隙見て部屋を抜け出そうとしたら捕まった。今、ルートを模索中だけど隙がない」

「……部屋の中に人を置いておく理由がよくわかるな」

警備のしっかりしたマンションといえば聞こえはいいかもしれないが、エントランス、駐車場からマンション建物への入口、今日確認できた非常階段の下に各一名。

その上で、部屋には高崎さんともうひとりいて料理担当の人が追加でいたりいなかったり。常時五、六人が警備に当たっている。そんなに大勢の護衛が必要な柏木浩二の立場が怖すぎる。

「そう簡単に慣れねえよ」

大きく息を吐く。

「最近は高崎さんに敬語も使ってないようだし、随分馴染んでるようにも見えるけどな」

「仕方ないだろ。毎日のように敬語は使うなって言われ続けて、最後は土下座しそうな勢いだったんだから」

いくら柏木の部下とはいえ、一回り以上年上の高崎さんに対してタメ口なんてと一ヶ月ほどは抵抗したんだ。でも結局高崎さんに負けた。のんびりした雰囲気のくせに、気がついたら高崎さんの思惑どおりになっていることは少なくない。柏木が指名するだけの能力はきちんとある人なんだろう。そんなふうには見えないけど。

ちょうどレジの順番が回ってきたので「A定食」と伝えると亮に笑われた。

「お前、竜田丼好きだなあ」

「悪いかよ。竜田丼、最強だろ」

財布から例の黒いカードを差し出す。ほんと学食で使うのが申し訳ないカードだよな、これ。

「オレ、思ったんだけど柏木の部屋に住んで、カード渡されて、衣食住なんの心配もいらなくて……これって、恋人じゃなくて愛人じゃね？」

レジの横にあるトレーを手にして、そのまま横に進んでいくとガラスのケースがある。そこには小鉢が並んでいて、定食を頼むと好きなものをふたつ選んでいいシステムだ。

「じゃあ聞くが、恋人と愛人の違いってなんだ？」

小鉢の中からミニサラダと卵焼きを取る。から揚げにも心が動いたが、メインが竜田丼なのにから揚げ選ぶってどんだけだと思ってやめた。亮の小鉢はいつも揚げ出し豆腐と漬物に決まっているので、近くにあったそれを亮のトレーに乗せてやる。

「恋人と愛人の違い……？」

自分で言っておきながら深く考えていなかった。

頭の中ではグラマラスな女性と、若い清楚な女性が出てくる。彼女たちの違いは……。

「金？」

疑問形で返すと亮が首を傾げた。ちょうど竜田丼と……亮は生姜焼きか。ふたりの注文の品が出てきたのでお互いトレーに乗せて移動する。目をつけていた席はやはり空席のまだ。

「生活の面倒見てもらうかどうかかな？」

「恋人だって相手が困っていたら援助することぐらいあるだろう」

「オレ、困ってねえし」

これでも一般的な額の仕送りは受けている。少し遊びたいからとバイトはしていたけれど、今は自由に遊びに行けるわけではないから仕送りだけでじゅうぶんやっていける。

席に座って、いただきますと手を合わせた。

竜田揚げをひとつ口にほうり込むと、熱い肉汁と油が口内に広がる。醤油の甘辛い感じがあとから来てご飯が進む。

「どっちでもいいんじゃねえか？」

「よくねえよ。なんか、愛人だと対等な気がしねえじゃん」

そう言うと亮が笑い始めた。

「なんだよ」

「いや、柏木浩二と対等な人間なんてそういないと思ってな」

確かに柏木浩二はハイスペックだ。ヤクザっていうアウトローな職業だけがマイナス要素だが、まあ、それすら魅力的に映ることもあるだろう。

本来なら、一介の大学生であるオレなんかが逆立ちしたって隣に並べるような相手じゃないはずだ。

「まあ、でも大事にされてるならいいんじゃないか。お前を囲ってからそういう関係の女性は切ったみたいだし、素直に甘えられるところは甘えてれば……比呂？」

白ご飯を飲み込んでしまうところだった。ゴホゴホとせき込んで、どうにか大きく息を吐く。

そういう関係の、女性。亮の何気ない言葉が、思ったより大きく響いた。

「そういう……？」

そういう関係って、そうだよな。ヤバい。深く考えたことなかった。

「比呂？」

呼びかけにはっとして、思わず箸を落としてしまう。

確かに……確かに、柏木ならそういう関係の女性が複数いても不思議じゃない。金も地位もあるし、あの容姿だ。セックスはしつこいけど、そういうのが好きな女性だっている。

亮の言葉にむちゃくちゃ動揺してる自分に驚いていた。

「はっ……箸、取ってくる」

　慌てて立ち上がったから、椅子を引く音がやけに大きく響く。

「比呂、落ち着け」

「わかってる。箸、取ってくるだけだし」

　ふらふらとカウンターに向かった。落ちた箸と新しい箸を交換してもらって、ついでに冷たい水をコップに入れる。

　柏木とは、そういう話はしたことなかったな。

　大きく深呼吸して亮のもとへ戻る。亮はすでに食事を終えていて、少し冷めた竜田丼を前にすっかり食欲をなくしたオレは手をつけていなかった卵焼きを亮のトレーに乗せた。

「亮、オレ恋人じゃなくて愛人だったらどうしようって思ったけど……」

「うん？」

「愛人や恋人や妾がごろごろいたらどうしたらいいんだ？」

　その言葉に亮がぶっ、と噴き出した。遠慮ってもんがないのか。こっちは真剣に言ったつもりなのに。

「なんで笑うんだよ」

「いや、比呂もけっこう真剣に柏木さんのことを好きなんだなと思ってな」

「……っ」

悪いかよ。

好きになってなきゃ、一緒に暮らしたりしない。恋人だなんて言わない。

「大丈夫だよ。柏木さんの忙しさじゃあ、そんなに纏めて面倒見られない」

そう言われればそうかもしれない。でも忙しい男に限って、上手くそういう時間を作っていそうな気もする。

「イケメンを彼氏に持つと辛いって、よくわかるよな」

「お前……それ、今までの歴代彼女のことを言ってるのか」

ああ、そうだった。

オレも顔だけはよかった。ついでに、あんまり深いつき合いをしたことがない。一応彼女？　みたいな相手はいたけど、お互い合コンに行っても怒らないくらいの関係だった。だいたいが自然消滅だ。

そして自分の行動を思い返すとイケメンってロクなことしねえ。

「柏木も飲んで女口説いたりしてんのかな？」

亮はまだ笑っている。ちくしょう。こっちは真剣なんだ。

「柏木さんなら口説かなくても寄ってくるだろう」

「……」

はい、そうですね。

柏木ならよりどりみどり。選び放題。

「やっぱり、アイツって変態だよな？」

その中で、選んだのがオレという謎。その謎はなかなか解けそうにないなと思った。


講義が終わると、近くに停めてある車に向かう。もちろんその場所まで亮も一緒だ。オレがひとりになれる時間なんてない。部屋に戻って寝室に籠ればかろうじてひとりと言える……だろうか？


角を曲がれば、オレを待つ黒い車が見えるという場所まで来たときだった。

カツ、とヒールの音が響く。そして正面から歩いてくるものすごいオーラの美女にオレは立ち止まった。

あれ、毛皮だな。毛皮なんて着てる人は滅多に見ないけど、あれくらいの美人だと何を着ても似合う。黒く長い髪。サングラスをかけていてもはっきりわかる綺麗な顔立ち。モデルだと言っても通じそうなその美女はあきらかに大学近くのこの道では浮いていた。

少しだけ、亮の気配がとがったものに変わる。さすがにオレも黙り込んで、正面から歩いてくる美女とすれ違った。

ふわりとエキゾチックな香水の匂いが漂ってくる。

一瞬だけ目が合ったような気がしたのは気のせいだろうか。サングラス越しなのではっきりと断言はできないけれど、オレを見ていたような……？

美女とすれ違い、いつの間にか詰めていた息を吐いたとき、エンジンの音が響いた。あのうるささはバイクだな。改造して響くようにしている。それが何台分も近づいてきて、亮がすっと体を前に出した。

やんちゃな若者が道路を通過するだけ。そんなに警戒しなくてもいいじゃないかと言おうとして顔を上げると、一台のバイクが歩道に乗り上げるのが見えた。

「え？」

あっという間にバイクがオレたちを取り囲む。

亮が咄嗟にオレを背中に庇うように隠してバイクとの間に立ち塞がった。数は五台。大型のバイクが道を塞いで、前にも後ろにも進めない。

さすがにマズイ。

「お前は守られることだけ考えてろ。下手に逃げるな」

亮が囁くように告げる。安定の男前具合だ。オレだって……なんてことは微塵も考えない。だって人を殴ったことなんてない。バイクから降りてきたガタイのいい男たち相手に一矢報いるなんてできるはずがない。念のためにリュックぐらいはすぐにぶつけられるように構えるけど。

ヘルメットを被ったままの男たちは無言で近づいてくる。

目的はオレ……なんだろう。こういうドラマみたいな展開は実際に起こってみると、あまりの現実感のなさに他人事のような気がしてしまう。

ぐわり、と正面から黒い手が伸びてきた。

亮の体がわずかに沈んだと思った直後、男の体が宙に浮く。バイクに向けて飛ばされたデカい体は派手な音を立てて地面に沈んだ。

投げ飛ばされた仲間を見て、残る四人の動きが慎重になる。

一気に来られたら勝ち目はない。だけど角を曲がれば迎えの車がいる。高崎さんがこの騒ぎに気づいてくれるように祈ってオレは画面を見ずに携帯の履歴を操作した。この際メッセージはどうでもいい。向こうに緊急事態だと伝われば。

いつ、相手が動くのか……目を逸らすことができなくなって、息が荒くなる。

そのとき、倒れたバイクの向こうに黒いベンツが見えた。

着信に気づいてくれたみたいだ。

停められた車から降りてくるのは高崎さんと……ダークカラーのスーツの男。

柏木だ。

まだ食事には早い時間なのに迎えに来ていたんだろうか。

嬉しいはずなのに、オレはその姿に動揺した。

襲われている今の状況。どう考えたって柏木が来てくれた方が有利になるのに、咄嗟に頭をよぎったのは柏木を危険に近づけたくないということ。

亮がオレを守ろうとしてくれている。それを助けようと高崎さんにも連絡した。それなのに柏木にだけそんなことを思うなんて随分虫がいい話だ。

「比呂っ」

低いけれどよく響く声にヘルメットの男たちの中の、数人が振り返る。

その隙に亮が動く。

ぶうん、と空気が唸るような音を立てて迫ってくる拳をやすやすと流して、亮は相手の懐へ飛び込んだ。ウエイトの差はかなりあるのに、体重を乗せて相手の腹に膝を叩き込む。体勢が崩れたところへ、組んだ両手を首筋に振り降ろした。

どさり、と大きな音がする。あと三人。

「比呂」

声と同時にオレの前に立つ背中が変わる。亮は逃げ出そうとした男を追って動き、柏木と入れ替わった。背中越しにも柏木の怒気がビリビリ伝わってくる。

そのころには高崎さんも駆けつけてきていて、ヘルメットなんておかまいなしに回し蹴りを放つ。響いた音から察するに、高崎さんの靴には鉄板が仕込んである、きっと。

これであとふたり。あ、逃げようとしていた男を亮が捕まえている。残りは正面にいるひとりだけだ。

「くっ、くそっ」

そのひとりが、ポケットに手を伸ばした。

武器かもしれない……！

そう思ったら、咄嗟に柏木の背中に手を伸ばしていた。けれどオレの手は虚しく空を切る。柏木の行動の方が早かった。

「柏木っ」

どうしよう、柏木がもし怪我したら……。

オレの心配をよそに、前に出た柏木が拳を振り上げる。首元に叩き込まれた柏木の打撃は一瞬で男を地面に倒した。その男の手から折り畳みナイフがこぼれ落ちたのを見て、息を呑む。

「ナイ……フ……」

さっと顔から血の気が引いた。

それに気づいた柏木が無言で倒れた男に近づく。

「柏木？」

……？

男は意識を失ったように見える。けれどもし最後の力であのナイフを手に取ったら
「だっ……」

だめだ、と叫ぼうとした声は、ぐしゃりという何かが潰れる音にかき消された。そうっと視線を送ると、柏木が倒れた男の手を踏みつけている。

今、柏木は男の手を踏み潰したの……か？

柏木の顔にはなんの表情もない。怒りもいら立ちも、あせりも何もなくて。冷酷にも見えるその顔は今までオレが見てきた柏木浩二じゃなかった。

呆然としているうちに、もう一度柏木の足が上がる。狙っているのはもう片方の手？

「ちょっ……！　ちょっと待って、柏木っ」

気がついたら柏木の体にしがみついていた。

振り上げた足は男の手を踏み潰すことなく、ゆっくり地面に降ろされる。

ほっと息を吐いた瞬間、温もりに包まれた。

肩を抱く手がいつもより力強い。

「帰るぞ」

腕の中から見上げた柏木の顔には、表情が戻っていた。眉間の皺がすごいことになっている。不機嫌全開ではあるが、さっきの無表情よりはずっといい。

「でも」

「あとは高崎がどうにかする」

どうにかって……。

「亮っ」

　せめて助けてくれたお礼をと思ったら、手を振られた。

「ありがとっ、怪我ないか？」

「そんなものはない。早く行け」

　亮が呆れたように肩を竦める。戦いを見ていても攻撃を受けた様子はなかったから大丈夫だろう。

　柏木に引きずられるように車へ向かうと、高崎さんがドアを開けて待っていた。

「高崎」

「はい。ここに残って処理します」

　その声が聞きなれた柔らかい声ではなかった。細い目も、いつもより開いている気がする。

「安瀬も呼んでおけ」

　短い指示に深く頭を下げる高崎さんの姿は緊張している。

　道路に男たちが転がっている光景は現実感がなくて、けれども現実で……。

　体がふわふわしているような気がして落ち着かない。自分がこんなにビビりだとは思っていなかった。でも許してくれ。オレはごく普通に生きてきたんだ。人が殴られるのなんて、画面の向こうでしか見たことがないんだ。

「比呂？」

隣に座った柏木が、らしくなくオレの様子を窺(うかが)っていた。伸びてきた手が、遠慮がちに頬に触れる。

「だ、いじょうぶ」

自然に答えたつもりだったけれど少しだけ声が掠(かす)れた。情けない、と気を引きしめる。

「大丈夫」

今度はしっかり柏木を見て答えた。そうすると、柏木の表情が緩む。

車が静かに走り出し、柏木はオレの肩に手を回した。引き寄せられて、体を預けるとようやく落ち着いてきた気がする。

「比呂。しばらく大学は休め」

「え」

思わず、顔を上げた。

「これ以上休んだら、単位が……」

「そんなもん、どうでもいい」

「よくねえよ」

ただでさえ、ここ最近休みがちだ。いくらオレでも留年は困る。

「じゃあ、高崎連れていくか？」

思わず首を横に振った。大学構内に高崎さんは似合わなさすぎる。

「……とりあえず若いのを二、三人見繕っておく。配慮はするが、遠慮はしねえぞ」

「柏木？」

「こんなに怖ぇとは思わなかった」

「何が……」

「襲われてるのを見たとき、お前に何かあったらと思うと頭が真っ白になった」

その言葉に、さっき柏木が現れたときのことを思い出す。

ああ、オレもだ。オレも怖いと思った。柏木をどうにかできるような相手じゃなかったと思う。柏木だったら銃を向けられたって平気かもしれない。それでも、柏木が危険に近づくと思ったら怖かった。

「……」

それを自覚したとたん、急に恥ずかしくなる。

「比呂？」

オレは多分、耳まで赤くなっている。

「どうした？」

どうしよう。

わかってしまった。

柏木がオレを守りたいと思う気持ち。危険に近づけたくないと思う気持ち。

意識してしまうと……今更ながら、柏木をまっすぐ見ることができない。

「比呂？」

「あああの、あれだ。その……」

どうしよう。素直に伝えるべきだろうか。いや、そうなんだろうけれど。

「俺が怖いか」

ふと肩に回された力が緩んで、顔を上げる。

「ヤクザが怖くなったか？」

柏木の顔から、すっと表情が抜ける。さっきナイフを持った相手に向かっていったときの表情だ。不機嫌さもいら立ちもない……感情の読めない冷たい目はどこか作り物みたいだ。

こんな顔はさせたくないと思ったら無意識に柏木の両耳を掴んでいた。

「痛っ、比呂っ」

力任せにそれを引っ張って離す。なんだかムカついたんだ、仕方ない。

「ヤクザだなんだっていうのは今更だろ。オレが今、悩んだのはそういうことじゃない」

「じゃあ、なんだ」

何かと聞かれると、その……なんだ、非常に答えにくいんだけど。

「お前が来たとき」

「俺が？」

「お前が助けに来たとき、咄嗟にこっち来るなって思った」

柏木をまともに見られなくて、顔を逸らす。

「どうしてだ。助けに来たら嬉しいもんじゃねえのか？」

「お前と、同じだ。助けに来たら柏木の前に危険があるって思ったら、怖かった。近づけたくなかった。お前がオレを守りたいって思うように、オレだってお前を守りたいって思った」

ヤバい。恥ずかしすぎる。

一気にまくしたてると、オレはそのまま窓に視線を向けた。

ああ、まずい。窓に柏木の顔が映ってる。

驚きに固まった顔が、徐々に緩んでいって……。

笑顔に変わると同時に後ろから抱きしめられた。

「うわっ」

「随分、熱烈な告白だな？」

耳元で囁く声に艶が籠る。ヤバい。なんかスイッチ入った！

「くっ、車ではしねえ！」

「何を？」

「何も！」

目いっぱいの力を込めて肘打ちする。完全に油断していたらしい柏木の腹に綺麗に決まって、柏木は手を緩めた。ざまあみろ。

「比呂」

伸ばされる手を、パンとはねのける。告白まがいのことをしたあとの態度でないことはわかるけれど、それとこれとは別問題だ。

「しないっ、触んなっエロ親父っ」

近づいたら蹴ってやろうと足を向けるとさすがに諦めたみたいだが……笑ってる。柏木は、肩を揺らして笑っていた。

「守りたい、か」

「なんだよ」

「いや、どう考えても俺が守る側だろう？」

「守る側とか守られる側とかあんのかよ。大切に思ったら守りたいだろ」

「大切に……か」

そこだけ繰り返されても恥ずかしいだけだ。

「比呂」

ここに来い、とばかりに両手を広げられて後ずさる。

「比呂、何もしねえから」

嘘だ。

これ以上、信用できない言葉はない。

だって奴は柏木浩二だ。

「比呂。来ねえと、襲うぞ」

う。

ここは車内だ。逃げる場所は限られている。襲う、とわざわざ宣言したからには手を抜かないはずだ。

そうっと近づくとまた柏木が笑い始める。

「警戒してる猫みてえだな」

「うるせえ」

そばに寄ると、抱えられて膝に乗せられた。そのまま、強い力で抱きしめられる。

「比呂」

「なんだよ」

「俺から離れるな」

「どうやって離れるんだよ」

こいつはまだ護衛を増やすと宣言したばかりだ。一体、どこに逃げ道があるのか。

ていた。

「面倒な男だな。オレがお前に惚れてなかったら、悲劇にしかならない気がする」

柏木の執着具合と性格を考えてみると、監禁凌辱まっしぐらかもしれない。オレ、ベッドに鎖とかで繋がれてそう……とか考えていると、柏木が驚いたような目でこちらを見ていた。

「な、なんだよ」

「今、言ったな？」

「何を……あ」

オレがお前に惚れてなかったら。

言った。

確かに、言った。

あの追いかけっこで聞こえたか聞こえなかったかわからない告白以来だ……。

まずい、と思う間もなく後頭部を摑まれて唇が重なる。

「なにっ、もっ……しないって」

「無理だな」

あっさりとオレの言葉を切り捨てて、柏木は再びオレに嚙みついた。

だるい体を起こしてベッドのサイドテーブルにある携帯の時間を確認し、オレは深い溜息をつく。

「オレ、そのうちヤられ死ぬかも」

二十歳にして腹上死なんて笑えない。車の中でヤることだけは拒んだオレを褒めてくれ。でもその分、帰ってからがしつこかった。

時計は九時。

朝じゃねえな。まだ夜だ。大学出たのが四時くらいだったから帰ってきたのは五時だとして……四時間か。今、三十分くらいは寝ていたとしても三時間三十分。三時間三十分、全力か。そりゃあ、腰も立たねえよ。

柏木は隣にいない。

けれどリビングから声が聞こえるからそっちにいるんだろう。

風呂にも入りたいけど、体は動くことを拒否している。しばらくベッドのふちに腰をかけてぼーっとしていたら、そのまま倒れて寝てしまいそうだったので、仕方なくふらふらと立ち上がった。パジャマだけど、すぐ風呂に入るし着替えなくてもいいだろう。

リビングへ続く扉を開けると、ソファに座った柏木とその前に立つ玉城さんが揃ってこちらを向いた。聞かせたくない話でもしていたんだろうか。ふたりとも難しい顔をしている。

玉城さんは柏木の秘書のような役割をしている人だ。『のような』とつけてしまうのは玉城さんの仕事が秘書だけではないから。仕事にプライベートに柏木に関することを全部管理している。

年齢は四十くらい。格闘家みたいな、がっしりした体型で身長も百九十を超えていると思う。それでも怖いと感じさせないのは小さな丸い目だ。いつもニコニコしていて、大きなクマと対峙しているみたいだ。

「おは、よう」

とりあえず挨拶(あいさつ)してみる。夜だけど、寝てたんだからいいよな?

「おはようございます。今日は大変でしたね」

「いや……、別に。大変じゃないときなんて滅多にないし」

柏木とつき合い始めてからの毎日。確かに襲われるなんていうのは日常的じゃないけれど、柏木の存在自体が規格外だ。

「起きるなら何か食べるか?」

「いや、風呂入る」

「入れてやろうか」

「遠慮します」

丁重にお断りして風呂場へ向かう。いつもなら無理やりにでもついてきそうだけれど、やっぱり玉城さんとの話は重要なものだったんだろう。

ほっとしながらシャワーを浴びて出てくると、玉城さんは帰ったあとだった。

柏木はソファに座ったままで、オレに気づいて読んでいた書類をテーブルに置いた。話したいことでもあるんだろうかと思ってソファに近づくと、隣に座るように促される。

「大学構内での護衛の手配をしているところだ。次に行くのは週明けにしろ」

週明けって……。今日はまだ火曜日だ。

「え、やだ」

まだ少し湿った髪に伸びた柏木の手が止まる。

「比呂」

「言ったろ。単位、ヤバいんだって。これ以上休めねえよ」

「比呂、大学なんて何年行ったっていい」

かわりに腰に回された手は、柏木とオレの距離をぐっと縮める。くっついていちゃいちゃしていたら流されてしまいそうで柏木の胸を押した。

「は？　何言ってんの。就職するのに留年してたら……」

「就職？」

柏木の眉が少し上がる。

「就職だろ。オレ、三年だしそろそろ就職活動始めないと」

「必要ない」

必要ない？

「何が？」

「就職も就職活動も、だ。仕事に就く必要はない」

「は？」

こいつ、何言ってるんだ？

そう思って柏木を見るけれど、柏木もオレに同じことを言いたいようだ。問いかけるような視線を向けられてますます理解不能になる。

「大学出たら、就職して働くのが普通だろ」

「じゃあ聞くがなんのために働く？」

「そりゃあ、自分で稼いで……」

「いくらだ？」

「え？」

「サラリーマンの平均年収。四百万がいいところか。十年分くらい先払いしてやろう」

「ちょ……っ」

「稼ぐ理由はなくなったな。他に就職する理由はあるのか？」

呆然と柏木を見上げる。

言っていることが本気で理解できなかった。オレの中で大学の先には就職があって、社会人になる自分がいて……。就職先がどこになるかで生活は変わるだろうけれど、その大前提がなくなることなんて想像すらしていなかった。

「えっと、だってみんな普通に就職……」

「それで、普通に就職して、その次は結婚か？　誰かもわからない『みんな』と同じ道を選んで、お前はいつか俺から離れるのか？」

そりゃあ、就職して何年かしたら可愛い彼女作ってそれから結婚して子供はふたりくらい。いつかは小さな家を建てて……そんな想像をしたことはある。でも、つきつけられた言葉が突然すぎて飲み込めない。

そうか。

そうだよな。柏木と一緒にいることを選ぶなら、この先の未来も変わる。

「就職、しない……？」

「必要ないだろう」

いやいや、待て。就職というのは何も賃金のためだけにするものではないはずだ。

「でもお前と別れたら、なんにもできない人になるけど」

「別れねえ」

あんまり簡単に言い切る柏木に頭が痛くなる。世間ではどれだけ多くの恋人たちがそう宣言してあとに別れていったのか。夫婦だって離婚するんだ。柏木浩二が永遠にオレに夢中だなんて未来は確実じゃない。

「そんな簡単に……」

「比呂。俺がお前を手放すことはない」

その言葉を信じて仕事に就かず、ダメ人間になって捨てられる可哀想(かわいそう)な未来しか想像できない。

「待ってろ」

納得いかない表情のオレを見た柏木はソファから立ち上がると寝室に消えていった。しばらくして戻ってきた柏木の手には茶色い大きめの封筒……。差し出されたそれを受け取る。中に入ってるのは契約書みたいだ。

「この部屋の契約書だ」

オレの隣に座り直して、ゆっくり足を組む。中を見ろと目で促されてパラパラ捲(めく)ると自分の名前が出てきて手が止まった。

「お前の名義にしてある」

「は？」

「他にも入ってるだろう」

そう言われて封筒を覗くと……オレの名義の通帳があった。

怖くて手に取ることもできずに固まる。

「なんでこんな……っ」

「比呂。最近はヤクザと言っても命のやり取りをすることは少ない。それでも、俺はいつ狙われてもおかしくない立場にいる」

ひゅっと息を呑んだ。

「明日俺が死んでも、お前が一生困らないくらいの準備はしているつもりだ。詳しい資産内容は玉城にでも聞け。玉城が無理なら安瀬。高崎にも伝えてある」

柏木が、明日死ぬ未来？

一瞬それを想像して背筋が寒くなる。

同時に、だからかと思った。毎日のように愛を囁いて体を重ねようとする柏木。言葉を惜しまないのは、明日が不安だからなのか？

「比呂。怖いか？」

ああ、怖い。

柏木のいる環境。今日みたいなことが普通に起こって、明日がわからない世界。

いつもと変わらない声で、表情で……自分が死ぬかもしれない未来をオレに押しつけようとする柏木が嫌で仕方ない。

「こういうのは、いらない」

俺は封筒を柏木に差し出すけれど、柏木が受け取る気配はない。体に押しつけるようにすると、ようやく受け取った。

「比呂」

「いらない。お前がどうにかなるなんて想像したくない」

「保険みたいなもんだ。あることは覚えておけ」

「柏木の、馬鹿」

「あ？」

「自分の面倒くらい、自分でどうにかする。お前に心配されることじゃない」

柏木にとってのオレって、一体なんなんだろうと考える。

お金を貰って、囲われてセックスして……。オレばかりが受け取って柏木に返すものが見つからない。

「比呂、そういうことじゃない。俺がお前のすべてを抱えたいだけだ。お前に甘えてほしいと思っている。それくらいの甲斐性はあるつもりだ」

甲斐性……あるだろうよ。オレひとり養うくらい、柏木浩二にとっては簡単なことなんだろう。それを嬉しいと言って受け入れてしまえる性格だったら楽だったのにと思う。

オレはソファから立ち上がると、ダイニングテーブルの上に置いてあったリュックから財布を取り出して、カードを抜いた。

「比呂?」

「いらねえ。こんなの、受け取るべきじゃなかった」

ソファの背を挟んだ状態で柏木に差し出す。

「どういうことだ」

す、と柏木の目が細められる。怒っているとはっきりわかる表情。柏木の眼力、半端じゃねえな。でもオレだって引けない。

「金なんていらない」

柏木はオレを懐に入れて大切にしたいと思っているんだろう。けれど違う。そうじゃない。それは対等な関係じゃない。

立場が違う。年齢も経験も……きっとオレが柏木に敵うところなんてない。けれど、だからこそ甘えたくない。

ああ、そうかとようやく自分で納得した。オレは柏木に甘えて生活していることこそが、気に入らなかったんだ。

「こんなものはたいしたことじゃない」

「だろうな。だからオレが大学に行きたいって思うのも、就職したいっていうのもたいしたことないってなるんだろ」

「何してる?」

寝室に戻ったオレはまっすぐにクローゼットへ向かった。柏木もついてきたんだけど……。

「着替え」

シャツとジーンズを取り出して、クローゼットの脇にある小さな椅子に置く。

「お前がいいと言うまで家出する」

大学を出たら就職。

世間一般の常識だ。オレはそれを当たり前に生きてきたし、柏木とつき合っているからといってもそれは変わらない。

着替えるためにパジャマのボタンを外していると、柏木がすぐ後ろまで来た気配を感じたけど、無視してパジャマを脱ぐ。

上半身を晒して、シャツを取ろうとしたところで柏木に後ろから抱きしめられた。

「放せよ!」

回された手は、がっちりとオレを摑んでいる。

「……家出をすると言ってるのを黙って見ていると思うのか?」

その声は、いつもの柏木の声より低くて。肩越しに振り返ったとたん、嚙みつくようなキスをされた。

「ふっ……くっ」

髪を摑まれて頭を固定される。

潜り込んできた舌を押し返そうとするが、搦め捕られる。

体に力が入らなくなったオレを壁に押しつけて耳元に囁きかける。

「何も考えられなくしてやろう」

まずいと思う間もなく、パジャマのズボンが下着ごと下げられる。膝のあたりで止まったそれはオレの動きを封じてしまう。

「やっ……」

耳に柏木の舌が入り込む。

痛いくらいに体を押しつけられて息が苦しい。

「比呂」

欲を含んで濡れた声に……ぞくりとしたものが背筋を走り抜けた。

「やっ、やだっ」

手が腰骨のラインをなぞり、下に下りていく。

「か、しわぎ……っ」

無理やり快楽を引きずり出そうとしている動きが嫌で身を捩ると、そのままくるりと体を回された。壁に背を預けて顔を上げたところで、間近にあった柏木の視線にぶつかる。

その目が……オレを見る目がいつもと違っていた。蕩けるように甘いものではなくて、その中にほの暗いものを含んでいるような目。

「……っ」

息を呑んだのは、それも確かに柏木浩二だとわかってしまったからだ。

オレの前で柏木はいつも甘い笑みを浮かべている。その奥に眠る暗い部分を決して見せようとしない。けれどそれが存在していることは確実で……。こんなときなのに、その柏木が一瞬顔を覗かせたことを嬉しいと思うなんておかしいだろうか。

自分の抱いた感情に戸惑っていると、足に引っかかっていたズボンを下まで降ろされた。

「離れられると思うな」

手が、オレのを摑んで……。

その性急な動きが柏木の余裕のなさを表しているようで息が苦しい。

先端を指で押されて、足に力が入らなくなって、柏木がぴたりと体を寄せて支える。

「濡れてきたな」

こんな状況でも、柏木から与えられる刺激に体は素直だ。恥ずかしさに染まる顔を横に向けると、晒された首元に柏木の舌が這う。溢れてきた蜜で下からぐちゅぐちゅと音が聞こえてオレはぎゅっと目をつぶった。

手の動きが速くなる。

吐き出す息がその動きに合わせて短くなる。

「い……や……っ」

あっという間に頂点に達しようかというとき、ふいに手を離された。

「……な、に？」

カチャカチャと柏木がベルトを外す音がやけに響く。

ファスナーが降ろされ、取り出されたそれはいつもより黒々としているように見えた。

「さっきもしたばかりだから慣らさなくても平気だろう」

太股(ふともも)をゆるりと撫でた手が内側に回って持ち上げる。柏木が体を進めてきて少し体が浮いたように感じた。

ぐ、と押しつけられた塊は確かに数時間前にも受け入れていたけど、全然違うものみたいだ。熱くて固くて少しだけ怖さを感じる。

「かっ……」

柏木。

呼ぼうとした名前がキスに吸い込まれて、思考があやふやになる。

いつもならじゅうぶんに慣らされてから入ってくるそれは、無理やりのように先端が潜り込んだところで……。痛みに声を上げそうになるけれど、口の中を蹂躙(じゅうりん)する舌がそれを許してくれない。

柏木の手が起立したままのオレに触れる。達する直前だったそれは、急な挿入に少し萎縮していたもののすぐに勢いを取り戻す。ぐっと柏木が内部に進んで……オレが大きく首を振ったところで唇が離れた。

「痛っ、痛いっ。柏木っ」

涙目で叫ぶけれど、柏木は止まらない。

「どうしたら……」

小さな呟きがふと耳に届いた。

「どうしたらお前を失う可能性をゼロにできる?」

柏木自身も無意識の呟きだったに違いない。驚いて体の力が抜けた瞬間に、一気に奥まで入れられた。その急な圧迫感に叫ぶような声が上がる。

「比呂」

すべてを埋め込んだ柏木が、まっすぐにオレを見つめる。痛みを飲み込むようなその表情に声を失った。嫌だと伝えることができる瞬間だったのに、その言葉はオレの口から出てこなかった。

「比呂」

苦しいのはオレなのに、柏木の方が苦しそうな声を出すから。

思わず手を伸ばしてしまって……触れた瞬間に、柏木に強く抱きしめられる。

「比呂っ」

柏木が動き始めて、後悔した。むっちゃ後悔した。だめ、無理、耐えられない。

「やっ……柏木っ、待っ……ああああっ」

声が言葉にならない。

まるで自分を刻みつけるような激しい律動にあっという間に頭の中が真っ白になって……。

達したと思っても、その先がまだ続いて……繰り返される波にオレの意識は飲み込まれていった。


喉、痛い。

昨夜さんざん喘がされたからだ。

お尻が痛い。体の節々も痛い。

もうオレ、セックスのしすぎで死ぬんじゃないだろうか。あれ？　これつい最近も同じこと考えたな……。ヤバい。死期が近い。

「笑えねえ……」

今日も目覚めると柏木はいなかった。そこにいたら一発くらい殴ってやろうと思ったのに。

頭がふわふわしている。熱とか出てるかもしれない。そう思うと一気に体が重くなるので、精神って大事だなと思う。

「あの絶倫変態……」

昨日は昼間だってさんざんヤった。そのあとでのあれだ。いくらオレが若くても限界がある。

体をゆっくり起こそうとして……右足首に違和感を感じた。

ん？

なんかある。

左足で触れてみると冷たい金属の感触。

少し動かすとチャリ、と何かが擦(こす)れる音がした。

「……ヤバくね？」

確かめる気力が起きない。

自分の足首にあるものが、漫画で読むようなあれだとは思いたくない。

しばらく布団の端を握りしめたまま天井を見上げる。

『どうしたらお前を失う可能性をゼロにできる？』

昨日、言われた言葉を頭の中で反芻(はんすう)する。

その結論がこれだとしたら柏木浩二はやっぱり変態だ。

「んー……」

考えていても仕方ないので、そうっと布団を引き上げる。足が布団から出た感触があって……うん。これで視線を落とせば自分の足にあるものが何か確認できるわけなんだけど。

勇気が足りなくて何度か大きく深呼吸した。

両頬をぱんと叩いて気合いを入れる。

そしてようやく自分の足に視線を落として……。

「……っ」

そのまま枕（まくら）に突っ伏した。

ヤバい。柏木浩二、相当にヤバい。

鎖、とか。どこでこんなん用意するんだと思ったけど、柏木の立場なら電話一本でじゅうぶんだろう。

「電話一本って……」

自分でそう考えておきながら、電話一本で監禁道具が揃うということに笑いが込み上げてくる。『監禁道具持ってこい』と命令する柏木を想像するとかなりシュールだ。

「そういえばこの鎖、どこまで続いてるんだろ」

せめてトイレには続いていてほしい、と少し足を持ち上げてみる。鎖は細めのもので思ったより重さは感じない。視線で鎖の先を辿っていくと部屋の外へ続いているようで、ほっとした。ベッドにくくられているんじゃなければきっとトイレや風呂には行ける長さになっているんだろう。

「確かめとくか」

体は痛いが、この鎖に対する好奇心の方が勝っている。

そっとベッドから下りて、チャリチャリいわせながら扉まで歩いた。そこでこのまま引きずって部屋を出ると何かに絡まりそうだと気づいて鎖の余っている部分を手に引っかける。大きな輪を作るようにして持つと引きずるより楽に歩けるし、いいことずくめのように思えた。

そのまま輪を何重にもしながら寝室のドアを開けると、神妙な顔をした高崎さんが立っていた。

「比呂さん……」

「あ、おはよう」

鎖の正しい移動の仕方を思いついたオレは上機嫌で高崎さんに挨拶した。

「え、あ、え？　比呂さん？」

高崎さんは何度もオレの顔とオレが持つ鎖に視線を行き来させている。さっきの神妙な顔から察するに、オレがこの鎖にショックを受けるとでも思っていたのかもしれない。

「あ、高崎さん踏んでる」

鎖が引っかかると思ったら、高崎さんが上に乗ってた。オレの言葉に慌てて足をどけてくれて、オレは鎖の行き先を確かめることを再開する。

「これ、長いよね。どこに繋がってんの？」

「あ、トイレです」

「トイレか」

だったら風呂場へ行くにもじゅうぶんな長さがあるな。

「ごめんね。こんなの床に広がってたら邪魔だろうけど、躓（つまず）かないように気をつけて」

チャリチャリ音を立てながら鎖を纏めていくオレを、何かおかしなものでも見るような目で眺めるのはやめてほしい。というか、こんなのが床に広がってたらオレなら絶対足を引っかける。やっぱり、こうして纏めながら移動するのが正解だろう。

「あの、比呂さん」

「ん？」

「それについて……あの……」

「あ、この鎖？　柏木ってやっぱり変態だよな。アイツ、頭おかしいよ」

そう言うと、ソファの方で噴き出す声が聞こえた。振り返ると安瀬さんが肩を揺らして笑っている。

「あ、安瀬さんもいたんだ。おはようございます」

安瀬さんは柏木の下で働いているが、高校のときからの同級生らしい。オレが見た中では一番柏木に遠慮がない人だ。親友かと聞いたら嫌な顔をされたので、友人であるという認識は薄いみたいだ。

なんかこう……柏木と安瀬さんにしかわからない信頼関係があるように見えるから、もう親友でいいじゃんと思うんだけど、きっとお互いの胡散臭さ(うさんくさ)が友人として認めたくない要素になっているんだろう。

「はい、おはよう。ところで比呂ちゃん。鎖に関しての感想はそれだけ？」

「それだけも何も……アイツ、変態だから感覚ずれてるんですよ。帰ってきたら一発殴って、泣き真似(まね)くらいしときます」

オレの言葉に安瀬さんの笑いが大きくなる。

ああ、あと嫌がらせメールも送っておこう。

反省しろよ、柏木浩二。

「じゃあ、面白(おもしろ)いもの見られたし、俺は帰るね」

肩を揺らしながら安瀬さんが部屋を出ていく。

「なんでいたんだ？」

「いや、あの……あれでも比呂さんを心配してくださって……」

心配！

「安瀬さんが？」

「ええ。社長が……その、鎖を持ってこいと命令されたので、無茶してるんじゃないかと」

「まあ、無茶はされてるけど」

プレイというには強引すぎるセックスにこの鎖だ。

「柏木、今日は何時くらいに帰ってくるの？」

「十八時ごろだと伺っております」

いつもよりは随分早い時間だ。

というか、柏木的には奇跡的な時間。まあ、鎖で繋いでおいて放置されても困るから早いに越したことはない。

よし、とりあえず嫌がらせメールの第一弾を打っておこうと、携帯を充電してる寝室に戻ろうとして……ふらりと体が傾いた。

「比呂さんっ！」

高崎さんが支えてくれなかったら床に座り込んでいたかもしれない。

「あ、ああ。大丈夫」

多分。

貧血みたいなものだろう。柏木が無茶するからだ。

高崎さんに支えられるようにしてソファに腰を下ろした。

なんか視界がぼんやりしてる気がする。

「体温計、持ってきます。医者を……」

「医者は大げさだよ。体温計だけでいいから」

「しかし」

「大丈夫。ちょっと休めばよくなるから。別に風邪とかじゃないし」

それに、鎖に繫がれた姿を他人に見られるなんて恥ずかしすぎる。柏木のせいだとしても恥ずかしいのはオレだ。

「水！　水も欲しい。冷たいの」

とりあえずいろいろ要求して医者に連絡なんてこと忘れさせよう。


「うあああああっ！」

オレが叫んだのはお気に入りの選手が対戦相手のレスラーに華麗なドロップキックを決められたからだ。

いろいろ要求してみようの一環で、本当にいろいろ要求してみた結果、プロレスのＤＶＤを見ることになった。いや、何か暇潰しを……と思って、ついでにオレが元気だと証明するものをと考えてプロレスに行き着いたわけだけど。

ちょうどその試合では対戦相手が鎖を取り出してくるシーンがあって、オレは自分の鎖を握りしめてしまう。こんなのぶつけられたら相当に痛い。それをなんでもないことのように振り払い、立ち向かっていく姿に感動すら覚える。後ろで立ったまま見ている高崎さんも小さくガッツポーズとかしてるのを見た。高崎さんもプロレス好きなんだな。高崎さんセレクトのこの試合、めっちゃ面白いし。

「ひ、比呂さん。鎖振り回すのはちょっと危なっ……」

あれ？　そんなつもりはなかったんだけど、気づいたら握りしめた鎖を振り上げてた。

「……元気そうだな」

そのとき、部屋の入口で呆れたような声がして驚いた。まだ帰ってくるには随分早い時間だ。

「熱を出したと聞いたが？」

ああ、そのせいで早く帰ってきたのか。

「元気だと思うか？」

歩いてくる柏木が、鎖の近くを通ったのを見計らって思い切り引っ張ってみる。鎖は床で大きく跳ねたけど柏木を躓かせることはできなかった。残念だ。

「比呂」

「どうでもいいから、これを外せ。今すぐ外せ」

まるでさっきまで見ていた試合のレスラーのように鎖を構えてみせる。

「怒ってるのか？」

「当たり前だろ。こんなの、どんな羞恥プレイだ！」

できるだけ鎖を纏めながら移動していたにもかかわらず、フローリングの床には小さい傷がいっぱいついている。もし誰か人を呼んで「この床の傷はどうしたんだ」と聞かれたとき、理由が答えられない。

「……外してやれ」

その言葉に、高崎さんがポケットから小さな鍵を取り出した。

大事なことなので、もう一度言う。

高崎さんがポケットから小さな鍵を取り出した！

「うあああ！　高崎さんが鍵持っててんじゃんっ。もっと早く外してくれよっ」

「いや、あの……社長の許可がなくては……」

「だって、オレが移動するたび、大変だったの知ってんじゃん！」

高崎さんの手にある鍵を奪って、オレはソファに座り込む。鍵穴になかなか嵌まらなくて苦戦していると、手が添えられた。柏木がオレの前の床に膝をついて、覗き込んでいる。

「悪かった」

その呟きに驚いたのはオレだけではなかったらしく、後ろでガタガタ音がした。でもまあ、反省してるなら殴るのは許してやろう。

「早く外せよ」

鍵を手渡すと、すぐにカチャリと音がする。

右足が急に軽くなってほっとした。

「熱があると聞いたが……」

「当たり前だろ。あんな無茶したら熱くらい出るだろ。ほら、触れよ。むっちゃ、熱いよ！」

前髪を掻き上げて額を晒すと、ゆっくり大きな手が当てられた。柏木の手は冷たくて少し熱い体に気持ちいい。

「……それほど熱くは」

「熱いって言ってんだろ」

「プロレス観戦のせいじゃあ……」

後ろから聞こえた声に振り返ると、高崎さんが口元を押さえていた。いいや違う。プロレスで熱くなったから一時的に体温が上がってるわけじゃない。だってさっきふらついたあとに計ったときはちゃんと三十七度二分だった。三十七度超えたら熱出たって言うだろ、普通。

「じゃあ、向こうの部屋で横になるか？」

額から頬に移った手が気持ちいい。

「なる。連れてけ」

手を伸ばすと柏木が微笑みながらオレを抱き上げた。

まあいいか。これで許して……。

「あーっ！」

「なんだ？」

「ちげーよっ。鎖はともかく、喧嘩の最初の原因って大学行くなとか就職するなとかじゃん！」

「……そうだったな」

鎖が衝撃的すぎてそもそもの喧嘩の原因を忘れるところだった。ていうか、今の反応！柏木も忘れてたんじゃねえだろうな。

「降ろせよ」

「いや、だが熱が……」

「そんなん、たいしたことねえよ。見ればわかるだろ」

我ながら理不尽なのはわかっていたが、そんなのどうでもいい。柏木……笑ってる場合じゃねえぞ。オレたちは喧嘩中のはずだ。

「比呂、元気なら外へ食べに行くか？　昨日行けなかった店はどうだ？　イタリアンなんだが、美味い肉を出す」

肉……！

その単語を聞いたとたんに、急にお腹が空いた。調子が悪いからと昼食は雑炊だったのを思い出す。昨日はさんざん体力使ったからきっと体が肉を求めてしまうんだ。

「シェフは去年イタリアから帰ってきた男だ。一年でミシュランの星を取ったと話題になってる店だが、どうだ？」

ミシュラン……！

柏木とつき合い始めてから聞くようにはなった単語だけど、確かにそういう店はおいしい。レストランのランクって本当にあるんだなと実感もした。

けど……。

「今はそんな話をしてるんじゃないだろ」

オレの言葉に柏木が少しだけ意外そうな顔をした。柏木はどうも食べ物を出せばオレを丸め込めると思っている節がある。

「じゃあ、鉄板焼きはどうだ？　神戸牛の熟成肉が美味い店がある」

じ……熟成肉……。

ごくりと喉が鳴る。鉄板焼きってことは目の前で焼いてくれるアレだよな？　白くて長い帽子被ったシェフが焼いてくれるアレだよな?

「そっ……そんなんで……」

「老舗(しにせ)のフレンチもいいぞ。前菜からデザートまで、すべてが美味い。フレンチだとデザートの種類も多いな。好きなものを好きなだけ選べる」

あれか……! デザートがワゴンに乗ってやってきてお好きなのをどうぞってやつか……!

選べるわけない。絶対、どれも美味そうなんだ。三種類に厳選してそのうちのひとつを柏木に渡してひとくち貰うとして……。

そこまで考えてからはっとする。まんまと流されそうになってんじゃん。ちょろすぎる、オレ!

「比呂。イタリアンと鉄板焼きとフレンチ、どれにするんだ?」

「だから……っ!」

「回復したばかりだから肉はやめておくか?」

「……っ」

肉をやめる?

そんな選択肢が存在するのか?

「……じゃあ、肉にするか」

オレの表情を見て、柏木が言うから思わず頷いてしまった。

「イタリアンにしておくか。鉄板焼きよりはデザートも充実している」

そうしてその言葉に再び頷いてしまうオレ。意思が弱すぎる。

「高崎」

柏木が振り返ると、すでに高崎さんは電話をかけていた。きっと店の予約だ。オレは柏木に抱き上げられたまま寝室へ向かう。うん、外食なら着替えなきゃな。ミシュランの星貰ってるような店だし。

「じゃあ、準備ができたら出てこい」

クローゼットの前で丁寧に床に下ろされ、頬にキスまで貰ったオレは食べ物につられる自分が情けなさすぎて溜息をついた。


店内の照明は暗めで、各テーブルに温かなオレンジの光を放つ小さなライトが灯っている。それほど広くないが、客席の間は贅沢に取ってあってお互いの会話が聞こえることはなさそうだ。

どの席に案内されるのだろうと思ってきょろきょろしていると、奥にある個室に案内された。こちらも店内の雰囲気と同じで落ち着いた内装だ。

大人の店だ。そしてこういう店は柏木によく似合う。オールバックに整えられた髪も着こなした高級スーツも隙がない。しいて言えば、身に纏う空気の威圧感が半端なくて親しみを持てないのが欠点か。

「柏木」

コップの水を一気に飲んで、柏木を正面から見る。

「昨日も言ったけど、オレは大学を卒業したらちゃんと働くからな？」

美味いものにつられて出てきたからといって、オレがそれを柏木に譲ったわけではない。

「……なんのために？」

柏木が器用に片方の眉を上げる。

「なんのためだっていいじゃないか。オレだって社会に出てちゃんと自分で生活できるようになりたい」

「気にするな」

気にするなってなんだよ…。

ちょうどメニューが運ばれてきて会話が途切れる。ウェイターに渡された黒い表紙のメニューは馴染みのない名前ばかり並んでいて選ぶ基準すらわからない。

「任せる。メインは肉がいい」

そう言うと、柏木はそつなく料理を注文していく。大学に入りたてのころ、背伸びしたデートで入ったレストランでメインを三品頼んでしまって以来、難しいメニューがトラウマになっているオレとは大違いだ。

「比呂。前にも言ったが、俺はお前を守ることに関して手を抜く気はない。お前が働くというのなら俺は人も金も動かす。正直、お前が稼ぐ給料より多くの費用がかかるだろう」

「マイナスになるから働くなって？」

「そういうことではないが、そう言った方が伝わりやすいかと思ってな」

「柏木……お前にとってオレってなんなんだよ」

恋人、というにはその範疇を超えている気がする。けれどそれ以上になるようなものをオレは持ち合わせていない。

ふ、と笑った柏木はまっすぐにオレを見た。

「すべてだ」

「え？」

「俺にとっての比呂は、俺のすべてだ」

……口から砂糖吐くかと思った。

柏木って、こんな見た目でロマンチストだよな。オレのことも数年前に見かけてずっとだっていうし。ヤクザが乙女思考ってヤバくね？

そんなふうに思うのは頬がものすごい勢いで熱を持ったからで。

「馬鹿」

思わず口から出た言葉に柏木が笑う。

「お前の望みはできるだけ叶(かな)えてやりたいが、目の届く範囲に置いておきたい」

「柏木は、オレのことがそんなに信用できないのか？」

「……」

無言って、なんですかね？

「信用されたいか？」

「そりゃあ……」

「じゃあ、愛してるって言え」

「は？」

「お前から愛してるって言われてない。俺がお前を信用できるよう、その言葉をくれ」

今度は砂糖が降ってきた。砂糖まみれで体がむず痒(がゆ)い。

「そっ……それを言ったら就職してもいいのか？」

「よくはない。だが……少し考える」

少しってなんだよ、少しって。それじゃあ全然就職できる気がしない。

運ばれてきた前菜を乱暴に口に放り込む。盛りつけも繊細で「うわー、すごい」とか言いながら写真撮ったりしなきゃいけない料理だけど気分はそれどころじゃない。

口に入れたとたん、蕩けるように消えていく繊細な食感を味わいながら、オレは大学で食べる竜田丼を思い出していた。オレと柏木の違いに似てるかもしれない。

柏木はこういう料理を普通に食べるような生活で、オレは竜田丼。

どっちも美味い。それは間違いないけど、同じ舞台には上がれない。

「柏木、竜田丼好きか？」

ナイフとフォークの扱いにしたって、柏木は自然でスムーズだ。オレはなんとか形を作っているだけ。

「竜田丼？」

「竜田揚げが乗ってる丼。大学のカフェテリアにある」

不思議そうな顔をしている柏木はオレとの違いなんて感じていないんだろうか。

「から揚げに似てるけど、普通のから揚げより味が濃くて美味いんだよ。丼にするとご飯との相性ばっちり」

「比呂がそう言うなら、一度は食べてみたいものだな」

柏木が大学のカフェテリアにいることを想像してみたけど、激しく似合わない。陽の当たる明るい場所にいるのは不自然な気がする。

「無理だな……」

思わず、口から出ていた。

「うちの大学のカフェテリア、学生優先で一時まで一般の人は入れないんだ。でも竜田丼、人気だからその時間まで残ってることが少ない」

無理なのはオレのいる場所へ柏木が来るということ。はるか先に見える柏木は立ち止まって手招きしてくれても、オレの方へ歩み寄っては来ない。

そこへ向かって走るのが少し疲れたのかもしれない。

「残念だな」

「うん」

オレひとりだけが取り残されているような気がして、せっかくの食事が味気なく思えた。

食事が終わり、受付で預けたコートを受け取っているときだった。

外気がふわりと頬を撫でて、店のドアが開いたことを知らせる。何気なく視線を向けると、ちょうど一組の男女が入ってきたところだった。

思わず視線が釘（くぎ）づけになるくらい綺麗な女性だ。すっとした涼やかな目元に、白い肌。鮮やかな赤の口紅が映える。百人に聞いたら、百人が美人と答える文句のつけようのない和服美人。

着ている着物はシンプルで白地に薄墨の花。ふんわりアップにした黒髪は彼女の美貌をより引きたて、ぞっとするくらいの色気を放っている。

一緒にいる男性もまた背が高く、男前だ。すっきり整えられた短い髪にグレーのスーツ。さりげなく女性をエスコートしている手には高級そうな腕時計。目は少し細めだけれど、常に微笑んでいるような顔は見る人に好印象を与えそうだ。

初めて会う女性なのに、妙な既視感を覚えてオレは首を傾げる。こんな美女、忘れるはずはない……そう思って、美女という単語が自分の中で引っかかる。

「あ」

思い出した。

彼女だ。

大学の帰りに襲われたとき、直前にすれ違った毛皮の美女。あのときはサングラスをしていたからすぐにわからなかったけど、間違いない。

柏木に伝えようとして振り返ると、柏木はまっすぐに彼女を見つめていた。なんとなく言葉を飲み込んで……、けれどやっぱり言わなきゃと口を開きかけたところに声が響く。

「あら……、浩二さん？」

嫋(たお)やかなその声に聞きほれて、彼女が呼んだ名前が柏木のものだと気づくのに少し遅れた。

「こんばんは。お久しぶりね。そちらの方は？」

柏木の、知り合いなんだろうか。

親しく名前を呼ぶ姿に、亮の言葉がよみがえる。

『お前を囲ってからそういう関係の女性は切ったみたいだし』

うわ……、と声を上げそうになった。

大人の女性だ。所作も上品で、これだけの美人。柏木の隣に並んでも見劣りしない。

傍らを見上げると、柏木はわずかに眉を寄せてオレの前に身を乗り出した。柏木の背に隠れるような格好になってしまい、視界が閉ざされる。

「紹介する必要などないだろう」

オレに向けられることはない、冷たい声。

大抵の人間ならば臆（おく）してしまうようなそれに女性はくすくすと笑いだす。

「あら、狡（ずる）いわ。じゃあ私は勝手に自己紹介してしまおうかしら」

すっと影が動いて柏木の体の向こうから覗き込むように綺麗な顔が現れる。

「初めまして。ケイといいます。よろしくね」

柏木を挟んだ状態の、その体勢はふたりの距離を狭めている。触れそうな距離はまるで柏木が彼女を抱きかかえているみたいにも見えた。

「おい」

「いいでしょう、ケチねえ」

甘えるような声音に、この女性と柏木が親しい間柄であることがじゅうぶんに伝わってくる。

うん、そうだな。柏木の隣にいてもなんの違和感もない綺麗な女性。オレだって顔じゃ負けないけど、それだけだ。まるで子供みたいな思考しかできないオレとじゃあ、差がありすぎる。

「よろしくね」

握手を求める手に、反射的に応えようとすると……柏木が彼女の腕を摑んで止めた。そのままぐいっと引っ張って彼女の体をオレから離す。

「えっと……」

「かまわなくていい。先に行け」

いつもより硬い声。

追いたてるように出口に向けて背中を押された。襲われる前に会ったことを伝えなきゃと思っていたけど、そんな暇もない。オレに関わらせたくないんだろう。それが危険なせいなのか、やましいことがあるせいなのか判断がつかなくてモヤモヤする。

「ちょっとくらいいいじゃない」

「だめだ」

そんな何気ないやり取りがオレをイラつかせる。

いろいろ考えているうちに目の前のドアが開いた。自動ではなかったはずだと驚いて視線を上げると彼女と一緒に入ってきた男性がドアを押さえてくれていた。ぺこりと頭を下げてドアをくぐる。そのときに、一瞬だけ目が合った。

あれ、と首を傾げる。

入ってきたときの印象とは違う、ちょっと絡みつくような視線。

値踏みするようなその目は人のいい笑顔に隠されていて、向けられたオレしか気づかないくらいの……。

「比呂さん、こちらへ」

高崎さんの声が店の外から聞こえて、オレは慌ててその場を離れた。

促されるまま、店の前に停めてあった車の後部座席に乗り込む。高崎さんは車のドアの前に立って、柏木を待つようだ。高崎さんの体で外の様子はわからなくなってしまった。

シートに体を預けたオレはさっきの女性を思い出す。

綺麗な人だった。

柏木にお似合いの、大人の女性だった。

ちょっとのことでイライラしているオレとは対照的だ。ああいう人ならきっと柏木を困らせたりすることなく、支えていけるんだろう。

彼女の手を取る柏木が見えた気がして頭を振る。

しばらくすると車のドアが開かれた。柏木が来たのかと思ったら、隙間から顔を覗かせたのは高崎さんで……。

「先に戻っているようにとのことです。車、出しますね」

ふうん、とオレは目を細める。

先に戻っておけ？

「ふざけんな」

オレがこれだけ悩んでるのに、自分はあの美人と飲みにでも行くつもりだろうか。

高崎さんが助手席に乗り込むために後部座席のドアを閉めて移動する。それと同時にオレは反対側のドアを開けた。

「比呂さん？」

車の流れがちょうど途切れたことを確認して、車道へ走り出る。わりと大きな道路で、中央分離帯には植込みもあるから車を回したりするには時間がかかるだろう。

「ちょっ、比呂さんっ」

高崎さんがあせって車を回ってくるけど、遅い。

反対車線でちょうどタクシーに乗ろうとしている若いサラリーマンを見かけたオレは、

彼が乗ったあとに体を滑り込ませた。

「え？」

見知らぬ男性は驚いていたけれど、タクシーはドアを閉めてしまう。

「すみません、ちょっと面倒そうなおじさんに追いかけられてて……助けてくれませんか？」

ぐっと体を寄せると彼は顔を赤くしながら頷いてくれた。ここで追い出されたらもう逃げるチャンスはないから助かった。オレはタクシーの運転席に向けてとりあえず出してくれと告げる。

「本当にすみません。最近、ちょっとつきまとわれてて……」

後ろを振り返ると、携帯を片手に叫んでいる高崎さんが目に入った。知るか。

「えっと……大丈夫？」

「はい。家までは知られてないようなので、振り切ってしまえば……突然すみません。途中、どこか適当なところで降ろしてもらえればいいので……」

適当に嘘を並べる。すみません、ヤクザの恋人から逃げるために手を貸してくれませんかなんて言えるわけない。

あとはどこに向かうかなんだけど。

＊

後悔と安心、それから罪悪感。

比呂に鎖をつけてから様々な感情が俺の中を駆け巡っていた。

昨夜は随分比呂に辛く当たった。比呂が襲われたことで頭に血が上っていたのかもしれない。

感情のまま蹂躙して……あげくに鎖で繋いだ。我ながらガキのようなことをしていると思う。けれど比呂は自由で……自由すぎて俺の手をすり抜けていくかもしれないと思ったら怖かった。比呂を失うことに関してだけはどうしても臆病になる。

比呂の様子を見に行ったはずの安瀬は何も言ってこなかった。それほど比呂は落ち込んでいるというのだろうか。鎖をつけられたのだ。俺に対して恐怖を抱いても不思議じゃない。

少し熱を出したようだと聞いて、早めに仕事を切り上げる。そうして家に戻って見た光景は信じられないものだった。

「うああああっ！」

テレビの前で鎖を振り上げて叫ぶ比呂。

それは監禁されて落ち込んでいるような様子ではない。

「……元気そうだな」

思わず、口から出た言葉は無意識だった。比呂が驚いたように振り返る。その表情にも暗いところは微塵もない。

「熱を出したと聞いたが？」

この分だとたいしたことはないだろうと近づいていくと比呂が鎖を動かして俺の足を引っかけようとしてきた。ああ、比呂は相変わらず比呂だ。

「どうでもいいから、これを外せ。今すぐ外せ」

身構える様はまるで毛を逆立てている猫のようだ。

「怒ってるのか？」

落ち込んではいない。俺に恐怖を抱いた様子もない。

「当たり前だろ。こんなの、どんな羞恥プレイだ！」

比呂は怒っている。

俺が比呂に対して行った理不尽な行動に、真正面から怒っている。そのことが妙に俺の心をはずませる。同時に鎖などでは比呂の心をどうにかできるものではないと実感した。

一時的に体の自由を奪っても、比呂の心は折れない。鎖をつけることで心を縛れないのであれば意味はない。

「……外してやれ」

鍵は高崎に渡していた。鎖のせいで万が一のときに逃げ遅れたりしないためだ。

「うああ！　高崎さんが鍵持っててんじゃんっ。もっと早く外してくれよっ」

それは無理だろう。

「いや、あの……社長の許可がなくては……」

「だって、オレが移動するたび、鎖大変だったの知ってんじゃん！」

高崎の手から鍵を奪い取って、外そうとする姿が可愛い。手伝ってやろうかと近づいて、手を伸ばした。

触れても、怯える様子はない。俺が比呂にしたことは自由を奪うようなことなのに、それに対して比呂の心は傷ついていない。その強さに負けたのは俺の方だ。

「悪かった」

比呂に聞こえるように呟いた。誰かに謝罪することなど何年ぶり……いや、謝罪したことなどあったかどうかわからないような記憶の彼方だ。

鍵を受け取って外してやると、少しだけ比呂の表情が柔らかくなった。

「熱があると聞いたが……」

「当たり前だろ。あんな無茶したら熱くらい出るだろ。ほら、触れよ。むっちゃ、熱いよ！」

前髪を掻き上げてみせるから触ったが、それほど熱があるわけではなさそうだ。高校時代は運動をしていたようだから、体は丈夫なんだろう。

「……それほど熱くは」

「熱いって言ってんだろ」

間髪入れずに返ってきた答えに頬が緩む。まあ、大丈夫だとはいえ、体の疲れがないわけじゃないはずだ。

「じゃあ、向こうの部屋で横になるか？」

「なる。連れてけ」

可愛いことを言いながら両手を広げてくるから、上機嫌で抱き上げる。このまま寝室に連れていってどうしようか。さすがに抱くのは控えた方がいいだろうが、キスくらいは……。

「あーっ！」

そんなことを考えていると比呂が大声を上げた。

「なんだ？」

「ちげーよっ。鎖はともかく、喧嘩の最初の原因って大学行くなとか就職するなとかじゃん！」

ああ、確かにそういう話をしていた。就職させる気などさらさらないが、比呂にとっては重要なことらしい。

「……そうだったな」

「降ろせよ」

「いや、だが熱が……」

「そんなん、たいしたことねえよ。見ればわかるだろ」

確かにわかっていたが。

腕の中の比呂は再び毛を逆立てた猫のようになっている。こういうときは機嫌を取っておくにこしたことはない。

「比呂、元気なら外へ食べに行くか？　昨日行けなかった店はどうだ？　イタリアンなんだが、美味い肉を出す」

そう言うと、あきらかに比呂の目が輝いた。相変わらず、美味いものには弱いらしい。

「シェフは去年イタリアから帰ってきた男だ。一年でミシュランの星を取ったと話題になってる店だが、どうだ？」

「今はそんな話をしてるんじゃないだろ」

視線を空に漂わせているくせにそういう強がりを言う。

「じゃあ、鉄板焼きはどうだ？　神戸牛の熟成肉が美味い店がある」

「そっ……そんなんで……」

「老舗のフレンチもいいぞ。前菜からデザートまで、すべてが美味い。フレンチだとデザートの種類も多いな。好きなものを好きなだけ選べる」

候補を出すたびにころころ変わる表情が楽しい。食べ物ひとつでこんな表情が見られるなら、毎日だって美味いものを並べてやりたい。

「比呂。イタリアンと鉄板焼きとフレンチ、どれにするんだ？」

「だから……っ！」

「回復したばかりだから肉はやめておくか？」

まさに絶望といった表情を浮かべる比呂に笑いを堪(こら)えるのに必死だった。


「あら……、浩二さん？」

食事を終えてコートを受け取っていると聞きたくない声がした。

最悪だ。

この世で、一番比呂に会わせたくない人物の声が聞こえた。どうやら偶然店にやってきた……いや、偶然などありえない。コイツから姿を見せるなど、よほど比呂が気になったらしい。

「こんばんは。お久しぶりね。そちらの方は？」

もうすでに比呂のことなど調べ上げているはずだ。その証拠に楽しくて仕方ないというように、極上の笑みを浮かべている。

関わらせたくなくて比呂を先に行かせる。連れの男が比呂を見る目が気に入らないが、今はこれをどうにかしなければならないだろう。

「あら残念。おしゃべりしたかったのに」

「何を話すつもりだ?」

「そりゃあ、あることないこと」

くすくす笑いながら、ケイが俺に囁きかける。

「比呂に手を出すなよ」

「あら、どんな意味で?」

「どんな意味でも、だ」

鋭く睨みつけると、ますます笑みが深くなる。

「あ、あの……」

遠慮がちな声に顔を上げると、連れの男がこちらへ向けて手を差し出していた。

「瀬田不動産の鍋島と申します。初めまして」

握手する相手でもない。瀬田不動産はここ数年で大きな開発を手がけて実績を伸ばしているところだが……今、手がけている駅の開発事業ではうちの会社と競合していたはずだ。

つまり、近い未来に瀬田不動産は躓く。勢いで伸びてきた若い会社なだけに、大きな事業で負けると落ちるのは早い。

「ケイ」

こんな男を連れてきてどうするつもりだと視線で問いかけたつもりだった。

だが、浮かべた笑みを崩さないまま、ケイは俺の手を取って鍋島の手に触れさせる。

仕方なく握手に応じると、鍋島という男は大げさなくらいに破顔した。

「いやあ、柏木さんとお会いできるとは光栄です。ケイさんが柏木さんと懇意にしていると伺っていつかお会いできる機会があればと思っていたんです」

おかしな男だ。

うちと競合するということは、かなり分の悪い賭けだ。勝つ可能性は低い上に、万が一勝ってしまうと遺恨を残す。一体どういうつもりかと眉をひそめると、強い力で手を握られた。

「時代は変わるんです。いつまでも昔と同じようなやり方で上手くいくとは思わないでください」

馬鹿か。

当たり前だ。

俺が昔と同じ手法で事業を展開していると思っているのだろうか。ヤクザの世界は昔とは違う。闇（やみ）が完全になくなることはないだろうが一般社会と交わっている部分が大きくなってきているのも事実。

頭が固い。無駄な正義感。

「そうかもな」

指摘してやるほどお人好しなつもりはない。馬鹿な人間は勝手に潰れればいい。

記憶に留める必要もない人間。こんな男をどうして紹介するのだと再びケイに視線を送るが、その微笑みから思惑までは読み取れない。面倒な人間を紹介して嫌がらせでもしているつもりなのだろうか。

適当に会話を終わらせて店内へ向かうふたりを見送ると、高崎に先に比呂を帰すよう連絡した。

ケイの笑みが気になる。面倒ではあるが、先ほどの男を少し調べてみようと思った。オレと比呂が乗ってきた車とは別に護衛のものもある。比呂は先に帰して、もう片方の車で会社へ向かえばいい。玉城がまだ残っているはずだ。

「比呂さんっ」

店を出ると高崎が大きな声を上げていた。

視線は道路の向こう……ちょうど止まったタクシーに比呂が乗り込むのが見える。

「おい！」

「しゃっ、社長っ。すみませんっ、今比呂さんが……っ」

「何をしている！」

昨日、比呂を襲ったのは金で雇われた若者だった。どこの組織に属しているわけでもない、ただいきがっているだけの連中だ。ネットを介して雇われたらしく、その大本を辿るのに手間取っていて……つまり、比呂を襲った黒幕ははっきりしていない。

高崎は俺に頭を下げながら電話をかける。タクシーのナンバーらしき数字を告げているところをみると追跡はそう難しくないだろう。

こうやって……、比呂は簡単に俺の手をすり抜ける。

だが、追わない選択肢はない。比呂を追うのは俺の役目だ。

*

とりあえず、携帯は送迎の車に置いてきた。あれが一番簡単に居場所を特定できてヤバい。

服も一式変えたいところだけど、資金がないから諦める。

コートだけはコインロッカーに放り込んだ。何か仕込むなら一番しやすそうなものだ。

肌寒いけどこれからすぐに地下鉄に乗る予定なのでなんとかなるだろう。

カードを使うと居場所が特定されそうなので財布を開けて中に入っていたわずかな現金

を確認する。少なすぎて泣ける。全部で六百二十円。今時、小学生だってもう少し持っているんじゃないだろうか。

それでも地下鉄だと、少ない料金で乗り換えができるので遠くまで行ける。いくつか路線を変えて適当な駅で降りたオレはあてもなくフラフラ歩いた。

考える時間が欲しかった。今のまま柏木に捕まってしまえば、イライラした感情をそのままぶつけてしまいそうだ。


チェーン展開しているコーヒーショップを見つけて入ると、コーヒーを頼んで一番奥の席に陣取った。

ほのかな豆の香りが頭を少し冷静にさせてくれる。砂糖とミルクを入れ、くるくる混ぜていると随分落ち着いてきた。カップを両手に持つとその温かさが全身に回っていくみたいだ。

ひとくち含んで思い出したのはさっきの女性だ。

彼女は昨日、オレを見に来たんだろうか。

亮の言っていたような『そういう関係の』人で……オレに嫉妬して？

隠すように店を出され、先に帰っていろと言われて平然とできるほど強くない。自然に溜息が出そうになって、コーヒーをまた口に運ぶ。

あれは誰だと聞いたら、柏木はなんて答えるんだろう。ただの顔見知りだとでも言うだろうか。それとも、浮気は男の甲斐性だと開き直るだろうか。

「アイツだったら、愛人なんて死ぬほどいそう」

声にすると本当にそれが現実の気がしてきて嘘みたいに落ち込んだ。

「帰れねえ……」

手持ちの現金はゼロに近い。この店にいつまでいられるかわからないけれど、どうせそのうち見つかって……そう考えて、自分の甘さにムカムカした。

柏木がいつもオレを連れ戻してくれるなんて決まっていない。

今ごろ、あの女性と飲みに行ってるかもしれないし、子供じみた行動をしたオレに呆れているかもしれない。男で子供で面倒なオレより、色気たっぷりの大人の女性の方が柏木には似合っている。

「恋人、か」

好きだと言われ、受け入れて一緒に生活をしている。世間一般では恋人関係。男同士であることは珍しいけれど、それさえ除けば普通の……いや、普通でもないか。柏木浩二は特殊すぎる。

「エロ親父で、ヤクザで、金持ち」

ひとつひとつ指を折って数える。

他には……。

「変態」

いや、これはエロ親父に含まれるか。

折った指を元に戻す。

「馬鹿。アホ。変態」

あ、また変態って言っちゃった。もういいや。変態で。

「男前。オレのことが好き」

自分で言っておいて、固まる。

オレのことが好き。

そこが一番よくわからないところだ。柏木は控えめに言ってもハイスペック。ただの金持ちじゃない。自分で会社も経営してるし、ヤクザの跡取りだし、顔もいいし声もいいし……。

「謎すぎる」

恋人だという位置を貰っているものの、愛人と妻と妾が別々にいたら恋人が一番立場が弱くないか？

「いつまでここにいるつもりだ？」

低い声に顔を上げると、柏木が真横に立っていた。

オレの居場所なんてすぐにバレる。逃亡なんてせいぜい二時間がいいところだ。がっくりする反面、どこかでほっとするオレもいる。いいかげん、自分が面倒くさい。

「帰るぞ」

思っていたより声は柔らかだ。あんまり怒っていないのかも。どうせこれ以上は逃げられないだろうと、オレはフラフラ立ち上がる。なんだか考えすぎて一気に疲れた。

「……あの女、誰？」

思わず直球で聞いてしまったのはそのせいだ。

「女？」

「さっきの店で声をかけてきた女性」

柏木の視線が少しだけ揺れたのをオレは見逃さなかった。そんな柏木は見たことがない。やましいことがあってもなくても堂々としている男だ。

「女……。女か」

その声は少し戸惑っているようにも聞こえて、イラっとした。

柏木に元恋人がいたって別に驚くようなことじゃない。むしろいなかったと言われる方が驚くだろう。オレが知りたいのはそれが現在進行形かどうかだ。そうじゃないならはっきり違うと言って堂々と紹介すればいいのに、いつになく歯切れの悪い柏木の態度は疑惑を膨らませるだけだ。

「オレに言えない？」

「……」

言えないらしい。

関係を話せない美女。そんなものが現れて平静でいられるほどオレはできた人間じゃない。思わず柏木の足を踏もうとしたのは愛嬌みたいなもんだ。軽くよけられたけど。

「比呂？」

あー、もう。おとなしく足くらい踏ませてくれればいいのに。不機嫌なオレの表情に気づいた柏木がわずかに目を見開いた。

「嫉妬か？」

なんて言いながら、柏木の頬が緩んでいく。

「いいから、あの女が誰か教えろよ」

嫉妬。

ああ、そうだよ。

柏木がニヤけるくらいにオレは嫉妬している。

柏木の隣が似合う女性なんて、きっとそう多くない。あの美女はその多くない女性のひとりだ。

「ただの知り合いだ」

嘘くさい言葉だ。ただの知り合いだったら、どうしてオレをひとりで帰そうとしたりしたんだ。あんな近い距離で触れさせて、浩二さんなんて名前で呼ばせて。

「比呂」

「うるせえ！」

伸ばされた柏木の手を振り払うように早足で店を出る。

店の正面には黒塗りの車とドアを開ける高崎さんがいたけど完全無視だ。歩き始めたオレの後ろをぴたりと柏木がついてきていた。

速度を速めても引き離せない。長い足を絡ませて転べばいいのに。

転べ、転べと呪(のろ)いをかけながら歩いていたせいか、足を取られたのはオレの方だった。ぐらりと傾いた体を自分で立て直すより早く大きな腕が抱きとめる。

「何笑ってるんだよ」

間近で見る柏木は、はっきりニヤけてる。オレが転びそうになったのがそんなにおかしいか、この野郎。

「お前の嫉妬が可愛すぎる」

「は？」

そのまま抱きしめられて、額にキスが落とされるが……柏木、ふざけんなよ。オレは本気で怒ってるんだ。

「挨拶を交わした程度でそこまで怒ってくれるとは思っていなかった」

挨拶程度って……ん？　ああ、そうだ。確かに柏木は挨拶を交わした程度だ。声をかけたのはあの女性の方だし、オレが勝手にいろいろ想像しただけと言えばそうだ。

「でも名前呼んでた」

「ああ。向こうは客商売だし、俺と親しいところを周囲に見せつけたいんだろう」

客商売……。確かにそう言われるとそういう空気を持った女性だった。だったらわからなくもない。わからなくもないけど、胸のモヤモヤはなくならない。

「お前が嫌なら他の誰にも呼ばせない。だが……そうしたら比呂は名前で呼んでくれるか？」

なまえ。

柏木を名前で？

「こ……」

浩二？

声に出しかけて首を振った。

呼び捨てはさすがにない。だったら浩二さん？　いやいやいや、今更無理だ。

オロオロするオレを見てまた柏木が笑っている。

「帰るぞ」

あ、命令形になった。そう思ったとたん腕を摑まれる。

「うおっ」

そのまま肩に担(かつ)がれたオレは、視界の高さにビビった。

すれ違う人たちが何事かと振り返る……くらいならいいけど、二度、三度見してる。あきらかな拉致現場なのに、助けようという勇者は現れない。この変態を通報してくれてもいいんだぞ。

「柏木っ、降ろせっ」

「逃げないなら降ろす」

「……」

答えられないオレに柏木はそのまま歩き始める。

「おーろーせーぇ」

殴る蹴るをしてみても、ちっとも柏木にダメージを与えられない。同じ男としてどうなんだ？

就職に謎の女性に……オレが解決したい問題は残されたままだ。

翌朝、最悪な気分で目覚めたオレは柏木がベッドにいないことにムカついた。

今日も大学に行けねえし。

時計は十時だが、体が動く気がしない。強制回収されたオレはあのままぐだぐだと柏木に流された。セックスで誤魔化すのはよくないと思う。

イライラしながらいつもより十倍遅い速度で起き上がる。体は綺麗にされているし、パジャマも着ているというのが救いだ。

ああ……でも。

「また鎖ついてる……」

足首にある違和感。せっかく外してくれたのに、またつけてやがる。昨日の逃亡はやっぱりよくなかったらしい。

「お腹空いた……」

チャリチャリと鎖を手に纏めながらリビングに続くドアを開けると、そこにはソファでくつろぐ安瀬さんの姿があった。

「おはよう、比呂ちゃん」

読んでいた新聞から顔を上げて、安瀬さんがにっこり笑う。相変わらず爽やかで嘘くさい笑顔だ。安瀬さんほど朝が似合わない人もいない。

「おはよう、ございます」

柏木は……と思って部屋を見渡すとダイニングテーブルでパソコンと向き合っていた。柏木がいるとき護衛の人たちはだいたい部屋の外に出ている。つまり今は高崎さんもおらず、部屋にはオレと柏木と安瀬さんの三人だけだ。

「起きたか？」

キーボードを叩く音が止まって、柏木が立ち上がる。近づいてきて当たり前のように顔を寄せてくるから柏木の唇を手で押さえた。不思議そうな顔はやめてほしい。安瀬さんが目の前にいるのに、普通にキスとかしようとするな。

「これ」

手に纏めた鎖を差し出すと、柏木はほんの少し笑った。

笑うか、普通。

「ちょっとした嫌がらせだ。今日一日くらいおとなしくしてろ」

くしゃりと頭を撫でられる。鎖をつけられてんのに、ちょっとした……って。柏木の感覚がわからない。

「何か食べるか。腹が減っているだろう」

手を外すと、隙をついて頬にキスされる。頬ならアリか？　いや、なしだ。安瀬さんがむっちゃ肩を揺らして笑っている。

「食べる」

「じゃあ座ってろ。用意する」

さらりと柏木がそう言ってキッチンへ向かうとバサバサと音がした。安瀬さんが新聞を落としてしまったみたいだ。

「安瀬さん?」

「柏木が……、作るのか」

ちょっと腰も浮いてる。そんなに驚くことか。

「わりと作ってくれるけど」

「アイツが、人のために動くなんて」

なんかひどい言われようだな。

オレもひとり暮らしをしていたからある程度のことはできるけれど、人様に提供できるほどじゃない。柏木は料理ができるというよりは器用なんだと思う。片づけくらいはオレが……と思ってキッチンに向かっても、料理を終えるころにはほとんど済んでいてやることないし、料理している最中もどうしてコンロが汚れないんだろうと不思議に思うくらいだ。

「ほんと比呂ちゃんは特別だね。柏木、俺もお腹空い……」

「断る」

言い終わる前に柏木の声がキッチンから響いた。

「ひどいなあ。柏木が今日は家で仕事するっていうから、いろいろ持ってきてあげたのに」

笑いながら新聞を拾ってソファに座り直す。そうか。それで安瀬さんが部屋にいるのか。柏木が家で仕事をする理由が誰のためか気がついて少しだけ顔が赤くなる。

随分、甘やかされている。

そんなことはわかっているんだ。けれど同時に柏木はオレを信用していない。足元にある鎖がその証拠じゃないか。

午後になると、さすがに玉城さんが迎えに来て柏木が渋い顔をしていた。安瀬さんも面白いものが見られたとか言いながら一緒に出ていった。そして柏木は結局鎖を外してくれなかった。馬鹿野郎。

かわりに高崎さんたちが部屋に来て、隅っこに立とうとするからソファを勧める。これはもう恒例行事のようなもので、高崎さんが隅っこに行こうとしたらいつも呼び止めて連れてくる。

「比呂さん、自分たちは仕事ですので」

「でもそんなとこに立たれたらオレがくつろげない。柏木は多分、今日遅くなるし」

一昨日(おととい)だって仕事を早く切り上げてるし、昨日は食事に行った。そして午前中家にいた柏木が早く帰ってくるとは思えない。

「比呂さん、しかし、よかったんですか？」

「何が？」

「社長に立ててついてまで私を護衛に残す必要は……」

そう、柏木が家を出るときに実はひと悶着(もんちゃく)あった。護衛に来たのが高崎さんではなくて新しい人だったから、少し口論になったんだ。

「でも柏木に言ったとおりだよ。高崎さんをつけたのは柏木なんだから高崎さんがオレに逃げられようとどうしようと柏木の責任だろ。今更別の人が出入りするのも嫌だし」

「ですが……」

「柏木も納得してたじゃん。大丈夫。高崎さんが嫌がらない限り、護衛でいてもらうって約束させたから。それより、高崎さんに聞きたいことがあるんだって」

「なんでしょうか」

「昨日、レストランで会った人」

「ああ……」

高崎さんが口を開きかけて、結局は何も言わないまま閉じた。聞いちゃいけないことだったのかもしれない。質問を少し変えてみよう。

「客商売って聞いたけど、やっぱりお酒呑むような店？」

「はい。銀座でクラブを経営してらっしゃいます」

銀座のクラブ。

あまりに大人な単語だ。確かにそういう雰囲気を持った人だった。思い返してみればそれが一番あの人に似合う肩書きの気がする。

「あの人、こないだ襲われたときに近くにいたけど……」

「はい。朝霞さんから特徴をお聞きして、おそらくそうではないかと把握しています」

そうか。わかってるんだ。わかってて普通に会話してたんだ。ますます柏木との関係が謎だ。

「柏木とは……」

「社長が何もおっしゃらないのであれば私から言うことは……でも気になりますよね？」

「気になる。柏木との関係もそうだし、オレが襲われたときにどうして近くにいたのかも」

ただの知り合いだというのは嘘で、逃げたオレを迎えに来たとき目が泳いだのは、後ろめたいからじゃないのか。

「妻と愛人と妾と恋人」

「はい？」

「その中なら、あの人はどれに近い？」

オレの言葉に高崎さんがくるりと後ろを向いた。答えられないからなのかと思ったけど、むっちゃ肩が揺れていた。笑われてる……。

「だっ、大丈夫です。比呂さんが気にされるような方ではありません」

そう言う声がうわずっているのは、必死で笑いを噛み殺そうとしているせいか。少しだけ安心したような……でも納得はできない。

「そんなの、わかんねえじゃん」

オレの取り柄なんて若さと顔くらいだ。柏木に甘やかされて、どんどんダメになっていきそうな予感もある。今はいいとしても、五年後や十年後、柏木とまだつき合っているのかと聞かれれば自信はない。

これだけ愛されて、甘やかされて……でもある日突然、他に好きな人ができたなんて言われたら、オレはどうしたらいいんだろう。柏木が情熱的なのはわかっているけど、その情熱が他の相手に向けられないなんて保証はどこにもない。

「じゃあ元妻と元愛人と元妾と元恋人から選んでよ」

「いや、ですからその中には……」

「ねえの？」

謎は深まった。

「そのうち、お話があると思います。心配はいりませんよ」

そのうち……。

ということは、今の柏木との関係もそう浅くないってことか。元なんとかかと思ったけれど、それだけじゃないのかもしれない。気分が上昇するような要素がひとつもないな。

「比呂さん？」

高崎さんが落ち込んだオレの顔を覗き込んでくるが、無理に笑顔を作る気にもなれなくて。

あとでまた柏木に嫌がらせのメールでも送っておこう、と心に決めた。

『監禁なう』

思わず使ってしまった古い言葉に右足首の写真を添えてメッセージを送った先は友喜だ。さっき亮にも送ったけど『笑』と帰ってきただけだ。もっと反応してくれていいのに。

友喜とは以前、柏木から逃亡した先の大阪で知り合った。亮の従兄弟で、十五歳の中学生。ちゃんと聞いたことはないけど、友喜の家もヤクザのようだ。遊びに行くときも運転手つきの車で出かけるくらいだから大切にされていると思う。

オレのことは嫌っているようだけど、生意気な口のきき方が弟っぽくて可愛かった。亮のことが好きらしくて、そのまっすぐな想いはこちらが照れるくらい。連絡先は、亮の情報を送るからというとすぐに教えてくれた。

それから週に一回くらいは亮の写真を撮って送るようにしている。根が素直で、すぐに返事も返ってくるし、友喜とのやり取りは楽しい。

『監禁？　何したんや』

そうそう、こういう反応。こういうのが正常だと思う。

ちなみに携帯は柏木に嫌がらせメールを送りたいと言ったら高崎さんが渡してくれた。ちゃんと車から回収して保管してくれていたようだ。

『ちょっと逃亡』

『ちょっとってなんや、アホ』

アホは余計だよなー。

『絶賛喧嘩中』

『仲のよさ自慢してんのか？』

なんでそうなる。喧嘩して鎖つけられてるってのに。

『は？』

『柏木浩二に喧嘩売って無事なんは柏木浩二が見逃してくれてるからや。要約するとお前は甘やかされてる』

『監禁中なのに？』

『嫌いな相手を監禁したいなんて思わん。俺やてできるなら亮を監禁したい』

それは無理だな。亮がおとなしく鎖に繋がれてくれるとは思えない。

『笑』

『そこ、笑やない！』

なんだよー。亮を真似しただけなのに。

『柏木に女の影があって逃亡したら鎖つけられた』

『女の影ぐらいなんや。この贅沢もん』

『つき合ってる相手に女の影あったら落ち込むだろ？』

『なんやそれは。まだスタートラインにすら立ってない俺に対する当てつけか？』

柏木と違って返事がすぐ返ってくる。こういうところに年齢って出るよな。柏木にメール打ったところですげえタイムラグあるもん。

なんかこういうやり取りしているだけで随分気が晴れる。

お礼に……と、最近の亮の写真を送った。今日の写真は大学のカフェテリアで窓際に座っているショットだ。友喜とやり取りをすることが多くなって、オレはひそかに亮の隠し撮りを溜め込んでいる。こないだ、授業中の眼鏡(めがね)をかけた亮の写真を送ったときには友喜のテンションがヤバかった。

『ぐあ！』

友喜から帰ってきた言葉に笑う。ぐあ、ってなんだ。ぐあって。

『まあ、柏木さんなら女の影ぐらい億単位で背負っててもおかしくない。あんまり気にするな』

億ってなんだ。日本の女性人口超えてんじゃん。でも亮の写真の効果はすげえなあ。目に見えて友喜が優しくなった。まあ、友喜がオレを嫌いと言いながらブロックしないのもたまに写真を送るからなんだろうけど。

『銀座のママだし。柏木の横にいても見劣りしないすげー美人』

『元愛人か？』

『わかんねー。教えてくれない』

『なら女の方に聞けばいいやんか。銀座で店持ってんならネットで調べられるんちゃうか？』

友喜の返信を見て、オレは固まる。

『名前くらいわかってんやろ。銀座のママで名前入れたら、店とかも検索できるやんか。気になるなら自分でどうにかせえや』

思わず、座っていたソファから立ち上がる。

確か名前は……ケイさん。

銀座、ママ、ケイ。

オレが知ってる三つのキーワードを携帯に入力する。

検索ボタンを押すと、いくつかのワードの中に『club kei』という名前を見つけた。どうやら店のホームページのようだ。タップすると店の様子が映し出され、確かにあの女性の姿があった。

洗練された女性たちの中でも飛び抜けて美人に見える。

「元カノとかかな」

浩二さん、と呼んでいた綺麗な声。柏木の隣にいてもなんの違和感もない。

顔だけが取り柄で、柏木に養ってもらっているようなオレとは違う。自分の足で立っている人だ。

「現在進行形だったらどうしよう」

愛人？

浮気相手？

でもオレの方がそっち側かもしれない。あの人だったら柏木のもとから脱走したり、渋谷でナンパしたいなんて言わないだろう。

柏木はただの知り合いだと言っていたけれど、向こうもそう思っているとは限らない。だって一緒にいた男の人をほうって柏木に親しく話しかけていた。柏木がなんでもない相手に『浩二さん』なんて呼ばせるとは思えないんだ。

「あーっ、もうっ」

ぐだぐだ考えているのは性に合わない。

「美容師、ですか?」

高崎さんがオレの言葉に眉をひそめた。

「そう。いつも行ってる美容院の人。今日は店が休みだからお願いしたらここに来て髪切ってくれるって。呼んでもいい?」

どうせ部屋から出られないんだし、と鎖を見せつければ若干、同情したような視線を向けられる。

「……ではその美容師の迎えはこちらでさせてもらっても?」

「うん。むしろよろしく。オレこのマンションの場所を詳しく説明しろって言われてもできねえもん」

少し渋ってはいるようだったが柏木に連絡を取って許可が下りるとすぐに動いてくれた。

ここからはオレの戦いだ。

「驚いたぁ。比呂ちゃんってこんないいマンションに住んでたのねえ」

きょろきょろと部屋を見回しながら現れたのはいつも行く美容院の楢さんだ。こんな言葉遣いでもれっきとした男性である。ふんわりしたワンピース調の服にジーンズを合わせて、ピンクのコートを羽織ってるけど……ついでに化粧もばっちりだけど男性である。

「最近ね。ごめん、急にわがまま言って」

「やだ。比呂ちゃんのわがままならいくらでも聞くわよ」

そう言ってばちんと音が出そうなウインクをされて若干引く。まあ、今回はいろいろ頼んだからウインクくらい受け止めるけど。

「あら……ほんとに鎖」

楢さんの視線がふと下に向けられて、思わず笑った。

最初、出張美容院を頼んだときに説明はしていたものの、やっぱりじかに見ないと信じられないよね。

「比呂ちゃん、大丈夫なの？」

「平気平気。それより、早く髪切ってよ」

そう言うと楢さんは持っていたボストンバッグから道具を取り出し始めた。大きなシートをリビングの床に敷いてダイニングテーブルの椅子を持ってくる。いろんなところにバイトがてら出張してるという話は聞いていたけれど、この手際のよさはさすがだ。

寝室にあった大きめの姿見をセットして、髪を切る準備は万端だ。

「どうぞ」

促されるまま椅子に座ると、ふわりと散髪用の大きなケープをかけられる。

「いつもの感じでいい？」

「お願い。あ、でもサイドは少し短めで」

「了解」

楢さんが慣れた手つきでハサミを動かしていく。シャクシャクと軽快な音が聞こえてきて、なんだか気分がはずむ。この音、好きなんだよなあ。

はらはらと落ちていく髪の毛を見るのも好き。髪を切ってもらうのって楽しい。

「あのさ、比呂ちゃん」

髪を切りながら楢さんが小さな声で呟いてきた。

「これ、本当に手助けしても私、大丈夫なのかしら……？　こんなこと言うのは失礼かもと思うんだけど、迎えに来た方が……その、ちょっと怖い感じの人だったのよねえ」

さすが接客業だ。ちゃんと見抜いてる！

「大丈夫だって。楢さん、このあと亮のところでしょ？」

「ええ。比呂ちゃんと亮君と続けて髪を切らせてくれるっていうから引き受けたんじゃない。ちゃんと写真撮らせてよ？」

楢さんにはちょっとしたお願い事をした。そのお礼は店のカットモデルとして写真を撮ってもいいというもの。このあと、亮のところへも行ってもらう予定で、後日ふたり一緒のショットを撮影してもらうことになっている。前から言われてたんだけどオレも亮もあんまり写真が出回るのは好きじゃなくて断ってたんだよね。

そこからは普通に会話しながら、あっという間に仕上げていく楢さんのカットを楽しんだ。

「比呂ちゃん、カット中はいつも嬉しそうよね。案外、美容師とか向いてるんじゃない？」

楢さんに言われて、そうかもと思う。

普通に大学行くことしか考えてなかったから専門学校とかは頭になかったけど……。

「でも美容師さんって大変だろ？　楢さんだって休みの日までこうして仕事してるんだし」

「そりゃあ私は早く独立したいから。だって自分の腕だけで二十代のうちに店を持つ子もいるのよ？　夢があると思わない？」

確かに。

でも大学卒業して専門学校へ行くってなるとさすがにうちの親に申し訳ないかなあ。いや、今から死ぬ気でバイトすれば専門学校の入学金くらいは貯められるかもしれない。

死ぬ気のバイトを柏木が許すとは思えないけど。

「あら、案外本気で考えてる？」

そう言われてはっとする。

「本気なら相談に乗るわよ？」

「ははは。そうだね、相談乗ってもらうかも」

カットはほとんど完成だ。

オレの将来よりも今はやらなきゃいけないことがある。

「高崎さーん！」

オレが声を上げると、高崎さんが小走りで近づいてきた。ゆっくり歩いてきていいのに。

「田村さんってもう戻ってきた？」

田村さんというのは、今日高崎さんと一緒にオレの護衛についている人だ。少し前に限定のスイーツが欲しいとわがままを言って買いに出かけてもらった。あのスイーツは新宿まで行かないと買えないからまだ戻ってきてないはず。

「すみません、行列ができているそうでまだ時間がかかるようです」

あ、でも新宿までは行ってるんだ。

「そう」

にっこり笑うと、鏡越しに目の合った高崎さんが怪訝な顔をする。少し、怪しまれたかもしれない。でも今、部屋にいる護衛は高崎さんひとり。チャンスは今だ。

「えーっと、ごめんね！」

そう叫ぶなり、オレは高崎さんに向けて、散髪用のケープをほうり投げた。それを高崎さんがよけようとするより早く高崎さんの周囲を一周する。足首の鎖を持ったまま。

「ひっ比呂さんっ！」

高崎さんが悲鳴のような声を上げる間に、ぐるぐる回る。

三周くらいしたところで止まると、高崎さんは見事に拘束されていた。

「いえーい」

高崎さん、この見た目で運動神経よさそうだから上手く拘束できるか不安だったけど運はオレに味方した。

さらに何周か回って高崎さんの足を拘束すると暴れようとした高崎さんが大きな音を立てて転ぶ。

「ちょっ、大丈夫？」

「大丈夫な気がしません！　比呂さんっ、何をするんですかっ！」

あ、元気そう。大丈夫だ。

「何するって、そりゃあ……ねえ」

近づいて高崎さんのスーツのポケットを探る。やっぱりここに鍵があった。

「比呂さん！」

鍵を取り出して外している間に楢さんがボストンバッグから着替えを取り出してきた。

ふんわり広がった薄いピンクのワンピース。

ああ……楢さんセレクトはガチだった。

床でゴロゴロ転がる高崎さんを無視してそれに着替える間に楢さんが高崎さんの鎖を上からガムテープで補強していた。ごめんなさいねえ、と言いながらけっこう楽しそうだ。最後に口元に貼って、高崎さんは謎の呻（うめ）き声しか上げられなくなる。

「ほら、比呂ちゃん座って」

再びさっきまで座っていた椅子に腰をかけると、メイク道具を手にした楢さんがものすごく嬉しそうに笑っている。

「完璧に仕上げるわよ」

その目は本気だった。

「すごい美人」

うん。確かに。

鏡の中にはすらりとした美人がいた。

アーモンド型の大きな瞳（ひとみ）はこぼれそうなくらい。薄紅色の唇は控えめに弧を描いて、儚（はかな）げな印象を受ける。サイドに流された栗色の髪はふんわりと巻かれて、思わず触りたくなるほどだ。

淡いピンクのワンピースの裾が広がって、そこから伸びる足は白くて細い。美人だけどどこか庇護欲をそそるような、若い女だ。

まあ、鏡に映ったオレなんだけど。高崎さんがうんうん言ってる間にメイクを済ませてウイッグをつけたオレはどこからどう見ても完璧な女性だ。楢さんの腕は確かである。

「比呂ちゃん、これ」

楢さんが差し出したのは茶色の封筒。中には五千円が入っているはずだ。やましいお金ではない。カットモデルの前払金だ。これから逃亡するための資金となる。

「ありがとう」

「ううん、こちらこそ。楽しませてもらったわ。それに、今度の写真撮影も期待してる」

再びばちんとウインクされて、それもオレは受け止めた。今回の逃亡は楢さんの協力なくしては成りたたないのだから。

「じゃあ、ごめんんね。高崎さん」

ひらりと手を振って部屋を出る。楢さんはこのまま亮のところへ行ってもらい、保護を頼む。万が一、柏木から何かされたらいけない。高崎さんについては……まあ、高崎さんが嫌がらない限りは護衛を続けさせるって約束を取りつけてるし、きっとそこまでひどいことには……ならないと信じたいけど、早く用事を済ませてしまおう。

ふたりでエレベーターに乗り込んで、一応途中の階のボタンも押しておく。カットが終わって帰るところの楢さんと途中の階から乗り合わせた美女設定だ。

「これからどこ行くの？　その格好だといろんなところでナンパされるわよ」

にやにやしながら言われて、それもそうだろうなと思う。オレだってこの美人がオレじゃなきゃナンパしてる。

「銀座でホステスの面接受けてくる」

「え？」

「冗談だよ」

笑って誤魔化したけれど、『club kei』のホームページでスタッフ募集を見つけたのは本当。客として行くことはできないけど、面接だったらママであるあの女性に会えるだろうと気がついたらメールを送っていた。すぐに来た返事に勢いで今日の面接の約束をして、楢さんに連絡を取ったんだ。

あんまり上手くいきすぎて怖いと思ったけれど、日数をかけていたら柏木に気づかれてしまうかもしれない。少しでも疑いを持たれると監視はもっと厳しいものになっただろう。

「気をつけてね」

エレベーターが開いて、先に楢さんが歩きだす。三秒数えてオレも歩き始めたら、もう他人の設定。

「お帰りですか？」

ロビーにいた護衛の人が楢さんに声をかける。

「ええ、このあとも仕事があるの」

楢さんが笑顔で答えているのを聞きながら、オレはその横を素知らぬ顔で通り過ぎた。

どんどん逃亡の技術が上がっている気がする。


ホームページに書かれた情報をメモした紙を見ながら店に辿り着いた。携帯を持ってこられればよかったけれど、さすがに追跡機能ですぐに居場所がバレる。アプリを見ないと電車の乗り換えすら満足にできない自分に驚いた。今後のために路線図を覚えておかなければと思う。

マンションを出てから一時間。さすがにオレの脱走もバレて捜索され始めているだろうけれど、彼女に会うくらいの時間が残されていれば問題ない。そうでなければ、履きなれないハイヒールで痛みだした足が可哀想だ。

店の扉は重厚な木製だった。ビル自体は少し古いが、きちんとメンテナンスされていて、他のテナントも落ち着いた感じのものが多そうだ。

そうっと扉を開くと、想像していたのよりも大きな空間が広がっていて驚いた。

うわ。ハイヒールのかかとが沈む。

絨毯の敷きつめられた赤い床は、女性に優しくない気がした。

キャメル色の木材がふんだんに使われた店内は華やかだ。天井にはシャンデリアが輝き、中央の開いた空間には白いグランドピアノが鎮座している。客席はそこから一段高くなり、空間を囲むように配置されていて、キラキラした中央とは対照的にアンティーク調のソファとテーブルが落ち着いた雰囲気を醸し出していた。

「あ、面接の人？　どうぞこちらへ」

掃除道具を持ったスタッフらしき男の人と目が合って、微笑まれた。ありがとうございますと言おうとして、そういえば声は誤魔化せないなと会釈だけにする。

案内されたのは左奥の席。座って待つように言ったあと、彼は姿を消したから面接は別の人が行うのだろう。

「あら、可愛い子」

ふいに後ろから聞こえた声に驚いた。知らないうちに緊張していたのかもしれない。

振り返ると、昨夜の女性がいた。

今日の着物は薄いクリーム色。帯は金糸で刺繡が施された華やかなものだ。面接だったことを思い出して慌てて立ち上がろうとするオレを止めて、彼女……ケイさんはゆっくり正面に座った。

「こんにちは。この店のママを務めさせてもらっているケイです」

黒い瞳がオレに向けられる。弧を描く赤い唇とは対照的に冷たい瞳。柏木と関わるようになってその周囲でよく見る視線だ。柏木は上手くそういう視線からオレを隠してくれるけれど、すべてを防げるわけでもなかった。

「ほんと綺麗ね」

にこにこ笑いながら、まっすぐに見つめてくる。間近に接するとぞっとするくらい顔が整っていて目が離せなくなった。なんだろう。綺麗でいることに隙がない。髪型も着物も化粧も全部が彼女のために厳選されている気がする。この人が柏木の横に立ったら、きっと誰も近寄れないだろう。

「私、可愛い子大好きなのよ。緊張しなくていいからね、お話聞かせてちょうだいね」

「あの……」

「大丈夫。取って食べたりしないわよ。浩二さんと私の関係が気になって乗り込んできたんでしょう？　本当、可愛いわ」

さっそくバレてる。

すうっと背筋が寒くなった。

マンションにいた護衛の目は誤魔化せたのに。やっぱり近くで向き合うと無理か。

「秋津比呂さんよね？」

名前まで知ってる。つまり、この人にとってもオレは無視できない存在だということだ。全然相手にされないようだったらむしろ、安心できたのに。

「私もあなたとお話したいと思ってたから、こうして来てくれるなんて嬉しいわ。ああ、何か飲む？　早い時間だからジュースでいいかしら」

「いえ、何も」

「いいのよ、遠慮しなくて」

スタッフに声をかけるとすぐに飲み物が運ばれてきた。目の前に置かれたのはオレンジジュース。ガキだと言われているようなのは気のせいだろうか。

「ひとりで来たの？」

その言葉に素直に頷くと、彼女は少し目を細めた。

「浩二さんは何をしてらっしゃるのかしら。こんな可愛い子をひとりで歩かせるなんて……」

「いえ、オレが勝手に……」

「勝手に？」

「抜け出してきたので」

「そう……。浩二さんの手をすり抜けるなんて思ったより馬鹿じゃないのね。いいえ、ひとりになるんだから馬鹿なのかしら」

ひくりと顔が引きつった。

「あなた、自分の立場をわかっているの？　あなたが大切かそうでないかにかかわらず、柏木浩二は自分の女が危険に晒されたらそれ相応に動かなきゃならない。余計な負担よね」

ケイさんはゆったりした動作でタバコを取り出した。

口に咥え、火を点ける仕草は映画のワンシーンでも見ているかのように様になっている。

「でも……」

「大方、浩二さんが私のことを話したがらないから気になったんでしょう？　でも柏木浩二が白と言えば白。黒と言えば黒。あなたはそれに疑問を持っちゃいけないのよ」

ふう、と吐き出された煙が上へ登る。一瞬だけ見えづらくなったケイさんの顔から笑みが消えて、どきりとした。

「そ、んなこと」

言われた言葉が数拍置いて頭に届いた。

柏木が白と言えば白？

「違う、だってオレと柏木は……」

「愛し合ってるのよねえ」

くすくす笑われて、目線が泳ぐ。

「あら。違うの？　中途半端な覚悟なら柏木浩二には関わらない方がいいわよ」

「中途半端なわけ、じゃ……」

　中途半端なわけじゃない、と言いかけて声が小さくなっていく。

　だってオレは流されるみたいに柏木浩二とつき合い始めた。好きだとは思っているけど、まだ全然柏木に同じ想いを返せてない自覚はある。

『俺がお前のすべてを抱えたいだけだ。お前に甘えてほしいと思っている。それくらいの甲斐性はあるつもりだ』

　オレは言えない。

　まだ柏木のすべてを抱えたいだなんて言えない。

「可哀想に。強引な柏木に流されてるのね。それなら、私……あなたを逃がしてあげることもできるわよ」

　可哀想？

　オレが？

「柏木浩二にとっては二十歳そこそこの子に甘い言葉をかけて引っかけるなんて簡単なことよ。人生の経験値が違うもの。あなたはまだ未来があるんだから、あんな悪い男に決めなくてもいいじゃない」

　考えてもみなかった言葉に目をぱちぱちさせる。

「でもあなたはその悪い男とつき合ってたんでしょう?」

そう聞くと、ケイさんはふと笑う。

「つき合ってないわよ?」

「でも……」

「まあ、大切な人ではあったわね。でも私には必要ないから捨てたの」

捨て……? 柏木を捨てた?

だったらやっぱりふたりはそういう関係だったんだろう。想像してぐらりと視界が揺れる。

「私のことは気にしないで。一時でも浩二さんの癒しになる人が現れてくれて歓迎してるのよ。でも迷ってるならおやめなさい。柏木浩二はそのへんの大学生の手に負えるような男じゃない。いずれ世界の違いに傷つくのはあなたよ」

だめだ。勝てる気がしない。

彼女の言葉は正論で、オレはそれを打ち破ることもできないどうしようもないガキだ。

*

また鎖に繋いできたからきっと機嫌を悪くしているだろうと、有名なパティスリーでケーキをいくつか用意させていた。それを持って戻ろうとしたところで、青白い顔をした玉城が部屋に駆け込んでくる。

「すみません、若。高崎から定期連絡が途絶えまして、確認させたところ……、比呂さんが部屋から出られたようで」

「比呂が？　マンションには他に警備も置いていただろう？」

「それが、その……どうやら、女装して脱走をはかられたようで、警備は気づかず……」

女装？

あれか。美容師を呼ぶと言っていたから、そいつが手伝ったのか。

「手助けした奴は確保できているのか？」

「あの、それが……朝霞さんが匿われていて。朝霞さんによると、脱走の手助けをしただけでその先は知らないようだと」

「どうしてそこで朝霞亮が出てくる？」

「どうも自分を逃がしたあとは朝霞さんのもとへ行くように、比呂さんが手を回していたようです」

つまり、その相手に危害が及ばないように朝霞亮に保護させたのか。そこまで考えて動くようになった比呂に少し頭痛を覚える。

「で？」

「比呂さんの携帯の検索履歴を見ると、どうやら銀座のケイさんのお店を調べられていたようで」

玉城が遠回しに報告をしてくるから言いたくないような結論に辿り着くのだろうと思っていたら、予想外の名前が出てきた。

「ケイのところへ？」

「はい。そのようです」

「どうしてだ」

「……その、高崎が言うには、比呂さんは随分と若とケイさんの関係を気にしておられたようです」

俺とケイの関係。確かにはっきりとは告げなかったが……、断じて比呂が心配するような関係ではない。

「比呂さんがいなくなって一時間程度ですので、今から銀座の方へ行けば間に合うかと」

玉城が言い終わらないうちに、コートを手にして立ち上がる。マンションから駅までは十分程度。それから電車で銀座まで二十分。ケイの店まで……迷わずに行けば、同じく二十分ほど。比呂がマンションの最寄り駅を利用したことがないのと、銀座の土地勘がないことを考えると、ちょうどケイの店に着いたころだろう。

ケイが比呂をすぐに帰すはずはない。あれだけ興味を持っていた相手だ。それを考えると確かに、今出れば比呂を捕まえられるはずだ。

「どうやって比呂は高崎を押さえたんだ？」

廊下を歩きながら訪ねると、玉城は神妙な顔で答えた。

「足に繋がっていた鎖でぐるぐる巻きにされたそうです」

ふ、と思わず笑みが漏れる。

高崎は昔、海外で傭兵部隊に所属していたこともある男だ。俺に雇われるまでは要人の警護をしていた。間違っても素人に鎖で拘束されるなんてことはないはず。

あれも、比呂にペースを乱されているのだと思うとおかしくて仕方ない。

「やはり比呂さんの警護を見直しますか？」

「いや……いい。比呂は随分高崎になついているようだ。俺にも任命責任があるのだから高崎に責を負わせることのないようにと約束させられたばかりだ」

それに、高崎は得難い男だ。あれほどの実力を持ちながら、人混みに紛れてしまえる。物腰も柔らかい。高崎と同レベルの護衛を新たにつけるとしたら、それこそ屈強な男たちばかりになってしまう。

「しかし、こう何度も……」

「もう何度もはないだろう。さすがに高崎も気を引きしめるはずだ」

そうなれば、いくら比呂が逃亡に慣れたといっても裏をかけたりはしないはず。

「かしこまりました」

またどこかの店でふてくされた顔をして待っているのだろう。このときの俺はまだ、比呂の脱走を楽しんでさえいた。

*

「ビール、もう一杯」

オレはジョッキを掲げて店員を呼ぶ。

柏木とつき合い始めてからはまったく行かなくなったチェーン店の居酒屋。ひとりでも断られなかったのをいいことに、もう三杯目だ。

あれから逃げるようにケイさんの店を出た。

情けない。柏木の浮気かもなんて乗り込んでいってあっけなく撃沈された。結局、浮気してるかどうかもわからないまま大打撃を食らっただけだ。

『可哀想に。強引な柏木に流されてるのね』

だってオレは柏木にまだ言えない。好きだとは言えても、愛だなんて口にはできてない。

柏木のくれるものをただ受け止めてへらへら笑っているだけだ。だってそんな簡単なことじゃねえだろ。中途半端に口にしていい言葉じゃない。ゆっくりそこへ向かっていきたいと思うのに、周囲だけがものすごいスピードで動いていておかしくなりそうだ。

「お待たせしました」

目の前に置かれたジョッキを一気に呷る。

つまみは……ああ、忘れてた。なんか腹に入れないと酔いが回っちゃうかも。

でもいいか。

別に困ることは……。

「ひとりで飲んでるの？」

ふいに低い男の声が聞こえて顔を上げた。

「あ……」

思わず声が出たのは見たことのある顔だったからだ。

この前のレストラン。ケイさんと一緒にいた男性だ。仕立てのいいグレーのスーツはこの居酒屋の雰囲気から少し浮いているように思えた。

「ケイさんの店から出るところが見えてね。様子がおかしかったから、心配になってついてきたんだ」

ごめんね、という言葉とともにオレの正面に座る。

この前感じた絡みつくような視線はないみたいだけど……ああいう視線を送ってくる相手は隠すことも巧妙で油断ができない。

「柏木さんと一緒にいた子だよね。驚いたよ、そういう格好も素敵だね」

ぐっ、とジョッキを握る手に力が入ったことに気がついたのだろう。彼は困ったように笑う。

「そうだよね。警戒するよね。僕は鍋島といいます。鍋島護(まもる)」

そう言って差し出されたのはシンプルな名刺だった。そこには瀬田不動産という会社名と鍋島の名前が記されている。

不動産会社の人がなんの用だろうとぼんやりした頭で考える。

「不思議そうな顔だね。でも、君は今、柏木浩二の弱みなんだってことを自覚しておかないとね」

柏木の名前を出されて、どきりとする。

「その弱味となる君がこんなふうにひとりでいるなんて無防備すぎるんじゃないかな?」

鍋島がくったくなく笑う。

安瀬さんの笑みははっきり胡散臭いと思うけれど、この人のは本当に爽やかだ。

「オレに何か用ですか?」

「うん。君に……というよりは柏木さんにだけどね」

がた、と椅子が揺れたのはオレが少し動いたからだ。

この視線。

レストランで見せた絡みつくような視線がオレを捉える。

「いろんな人に言われなかった？　ひとりじゃ危ないよって」

鍋島は怯えたオレを楽しむように目を細める。

「いっしょに行こうか。秋津比呂くん」

いつの間にか周囲をスーツ姿の男たちに囲まれていて……オレはごくりと唾を飲み込んだ。


『ひとりになるんだから馬鹿なのかしら』

ケイさんの言葉を思い出して地の底まで落ち込んだ。

ああ、そうだ。オレは馬鹿だ。

「どうしたの？　暗い顔して。ドライブ、楽しくない？」

鍋島が笑う。ああ、ムカつく笑顔だ。爽やかさなんてどっかへ飛んでいってしまった。

男たちに囲まれて出た店の外には目立たない白い国産車が停まっていて、オレはその後部座席に押し込まれた。こういうときこそ培った逃亡スキルを発揮できればよかったんだけど……基本的にオレに甘い柏木から逃亡するのとはわけが違う。押し込まれた後部座席にはすでに人がいて、オレは鍋島とその人に挟まれた状態だ。

車に乗ってすぐに後ろ手にガムテープで固定された。なんとなくぐるぐる巻きにしてきた高崎さんを思い出した。高崎さんの呪いかもしれない。

「携帯は……持ってないの？　柏木浩二に連絡しようと思ったのに、つまらないなあ」

オレが持っていたバッグの中身を確認した鍋島はそれを助手席にいる男に渡す。運転手とオレを含めて総勢五人は全員男。むさくるしいことこの上ない。

「こういう手段っていうのはあんまり好きじゃないんだけど、柏木浩二だってさんざんやってきたことだ。自業自得ってやつだよね」

視線がゆっくりオレの頭から下へと移動していく。その止まった先がスカートから出ている足だなんて笑えない。

「この格好は柏木浩二の趣味なのかな？　まあ、綺麗な顔してるから似合ってるよ。うん」

す、と大きな手が太股の上に置かれる。スカートの上からとはいえ、その重みと手の温度に、背筋がぞくりとした。

こんな顔で生きてきたので、今までちょっと触れられるくらいのことはあったから、大丈夫。そう思うのに、どうしてだか吐き気を覚えるほどその手が気持ち悪かった。

「触るな」

「別にいいじゃん。愛人なんてしてるくらいなんだから、体使って稼いでるようなものでしょう？」

「違っ……」

するりとスカートを捲って忍び込んでくる手に、思わず足をぎゅっと閉じた。てか、スカート防御力なさすぎだろう！

布越しだった感触が、ストッキング越しに変わる。

直接とも言えるその体温に少しでも離れようとすれば、反対側の男に後ろから体を押さえられた。横の男に後ろから固定されるということは鍋島の方へ体が向いてしまう。

これ、ヤバいよな？

腕を拘束されているばかりか、二対一だし、狭い車の中……。しかも走行中。オレに逃げ場はない。でもここで闇雲に抵抗しても逆効果なのはわかっている。体中を走る嫌悪感を飲み込んで、オレは無理やり口元に笑みを張りつけた。

「へえ、柏木浩二にこだわっているわりに、お古の体になんて興味あるんだ？」

ぴくり、と鍋島の顔が引きつる。

「……君をどうにかすれば、柏木浩二にひとあわ吹かせられるだろ？」

「どうかなー。アイツなら愛人のひとりやふたり、どうなったってかまわないんじゃない？」

「いや、君は違う。あのケイさんが興味を持つくらいだ。今までの女とは別格だろう」

ケイさん。

またた。あの人が柏木にとってのなんだと言うのか。

「それに前に襲わせたときもあの柏木浩二が体を張って守ったと聞いた。彼は自らの身を危険に晒すことなどない男だ。たかが愛人のために傷を負ったり、命を失ったりすればどんな混乱が起きるかわからないからね」

前に襲わせた……。

「あの、バイク……」

「そう。僕だ。せっかく面白いエンターテインメントにしようと思ったのにケイさんには怒られるし、事業は潰されるし、さんざんだよ」

「事業？」

「駅前の開発を柏木浩二の会社と争っててね。いいところまでいってたんだ。九割方、うちに決まってたはず。条件だって悪くなかった。柏木浩二が汚いことをしたに決まっている」

どうしよう……否定できない。アイツ、ヤクザだし。オレは柏木の会社について何も知らない。否定できるような材料は持っていない。

「だから多少、柏木浩二に意趣返ししたっていいだろう？」

「オレなんて襲っても意趣返しになんかならないだろ」

鍋島の、手が……ゆっくり太股を撫でる。作った笑みが崩れそうになるのを必死で耐えた。

「どうかな?」

足の間に入りそうになる手を挟んだ足で必死に防御する。もう一度言う。スカート、防御力低すぎ!

「どうせ柏木がオレを捨てて終わるよ」

オレを、捨てて。

軽く言ったつもりだったのに、言葉にしてみると破壊力ってすごいな。自分で言っておいてダメージを受けるとか情けねえ。

「……そうなったら、僕が囲ってあげようか? 君ほど可愛い子だったら、マンションくらい用意してあげるよ」

ありえねえ。

「ほ……んとに?」

これは演技、これは演技と言い聞かせて、オレは声をはずませる。その言葉に少し鍋島の表情が柔らかくなった。

「柏木のセックスって、激しいだけでつまんないんだよ。あんたなら、楽しませてくれるかな?」

柏木浩二からあっさり乗り換えようとしている愛人……きっとこの男は悪い気はしない

はずだ。

わずかに、足の力を抜く。手は内側に滑り込んだけどそれ以上は奥に来なくてほっとする。

「別にオレが痛い思いなんてしなくても、あんたに乗り換えればじゅうぶんな意趣返しになるだろ」

「……そう、かもな」

うわ。こいつ、意外に単純だ。乗せられてる。

手が太股から離れた。もう少しだ。

鍋島は、乗り出していた体を元に戻して少し考えているふうだった。思う存分悩んでくれ。オレが脱走してからもうかなりの時間が経過している。柏木は多分、オレの近くにいるはずなんだ。

オレがやらなきゃいけないことは、無理に抵抗してこの場で襲われるようなことじゃなくて、時間を稼ぐこと。そうしたら、きっと……。

「じゃあ、僕にキスしてくれるかな」

「え?」

「キス。契約の証に。子供みたいなキスで済ませないでよ?」

にやりと笑った鍋島はあの絡みつくような目を隠しもしない。

「キ……、キス程度でいいのか?」

声は裏返らなかった。大丈夫。

「ああ」

オレを拘束していた男が手を離す。

キス……か。キスくらいで守れるんなら、諦めないといけないかな。そう思うのに、体が固まったように動かない。

「どうした?」

「どうもしてない。ね、もうちょっとこっち向いてよ。しにくいじゃん」

オレの体が動かない言い訳なんてできなくて誘導しようとするのに、鍋島はそのまま嫌な笑みを浮かべた。

「ここに来て、僕の膝に乗ればいい」

うわーっと。ハードル上げやがった。

「そういうのが好きなんだ?」

落ち着け。落ち着け、オレ。キスくらいどうってことない。

気づかれないように息を吐き出す。小さな震えが止まりますように、と祈りながら動けと体に命令する。

キス、なんて。

そんなの、たいしたことじゃないと思っていた。今までけっこう遊んできたつもりだし、キスくらい酔って知らない相手ともしたことある。

なのになんで……。

そう思って気がついた。

ああ、柏木のせいだ。

柏木のせいで、オレは他の人にキスなんてできないと思ってる。柏木とのキスは蕩けるみたいで、激しくて、息もできなくて……特別なんだ。

柏木の馬鹿。

人をこんなふうにしやがって。

できるだけゆっくり、オレは鍋島の膝に跨がる。

触れる体温が柏木でないことが気持ち悪い。

でも時間を稼がなきゃいけない。大丈夫。柏木は近くにいる。絶対、近くにいて、助けてくれる。たかがキス。唇を重ねるだけ。

自分に言い聞かせながら顔を近づける。

距離がどんどん近くなって……あと、数センチ。

お互いの息がかかるような距離。覚悟は決めていたはずなのに、気がついたらオレは鍋島に盛大な頭突きをかましていた。

ガッと骨のぶつかる音が響いて頭がくらりとする。頭突きなんてしたことねえから加減がわからなかった。つけていたウイッグがずれて落ちる。

「痛っ、てえ！」

鍋島、頭が固い！　ものすっごい痛いっ！

でもその間に鍋島のご機嫌だった顔がみるみるうちに怒りに変わってくのが見られた。これだけでも、頭突きの甲斐はあった。

「お前っ！」

怒気を孕んだ声とともに頬に衝撃が走る。

殴られた。頭突きのあとに殴られると、衝撃倍増だ。足元に転がった体でぼんやり見上げると、鍋島がもう一度拳を振り上げるのが見えた。

ゆっくり瞼を開ける。

目が覚めると、また大学の講義の時間が過ぎていてオレは文句を言いながら起き出して……でも、今はそんな状況じゃなかった。

どこかのホテルの一室みたいだ。

大きなダブルベッドの上にオレは転がされていて……手は、後ろで固定されたままだ。

服は着ている。女もののワンピースでも全裸にされているよりは心強い。取れたはずのウィッグがまた被せられていることがちょっと気になるところだけど。

鍋島に殴られた頬はじんじんと熱を持っていて、大きな痣になってるんだろうなと思った。

あれからどのくらいの時間が過ぎているかはさっぱりわからない。顔を巡らせると、ベッドの足元でカメラを三脚にセッティングしている鍋島が見えた。

なんか嫌な予感しかしない。

もう少し意識を失ったフリをしていよう、と目を閉じる。カメラをセッティングしてるってことは『いやだ、やめてっ、ああーっ』みたいなのを撮りたいはずだ。意識を失っている間は大丈夫……多分。

それに走ってる車よりは柏木も場所を特定しやすいはず。あせらなくて大丈夫……多分。

多分ばっかりだなー。怖えなー。

あんまり考えないようにしていると、ベッドの横に他人の気配がした。セッティングが終わったんだろうか。そう考えるより先に、パンという音とともに頬に痛みが走る。殴られたときほどの衝撃じゃない。平手打ちだ。反応しちゃだめだとわかっていても、当たったのが殴られたのと同じ場所だったので呻いてしまった。

「起きてるんだろう。手間取らせやがって」

鍋島の声に余裕がない。

まあ、あれか。最初からこいつの行動は短絡的だったから、こっちが本性なんだろう。

ぎしり、とベッドが揺れる。膝をついて覗き込んでるみたいだ。もう一度手を振り上げる気配があったので目を開けた。何度も無抵抗に殴られるのは悔しい。

足を振り上げたら反動で蹴りくらい入れられるかな、と思ったけど……体が鉛のように重い。さっきは動くことを意識してなかったから気がつかなかったけれど、どれだけ力を入れようとしてもほんの少ししか動けなかった。

「ああ、少しお転婆が過ぎるからね。薬を使わせてもらった」

くーすーりー！

どんな薬だ。怖すぎる。麻薬系じゃないよな？　体の動き制限してんだから、ちゃんと医療にも使われるようなやつだよな？　そんなん……あんのかな？　まったく知識がないオレは自分に投与されたっていう薬がなんなのか想像もつかない。

「さて。どうしようか。いきなり突っ込んで叫ばせるのもいいし、君が入れてくれと言うまで優しく触ってあげてもいい。まあ、僕がやる必要があるわけじゃないから、部下を呼んで複数プレイもありだ」

鍋島がベッドに乗り上げてオレに跨がる。怯えさせたいみたいだけど、だからなんだ。

「その綺麗な顔で睨まれると、ぞくぞくするね」

ああ、柏木以上の変態がいる。

ふいと視線を逸らせると、顎(あご)を摑まれて正面から目が合った。

「まあ、まずはさっきしそこねたキスからかな？」

痛いくらいに力を入れられて、うっすら唇が開く。そこに近づいてくる顔にもう一度頭突きをかましたいけど、体の自由がきかない。

「悔しそうだね。素敵だ」

ああああっ、もうっ。なんでこんな奴とキスなんてしなきゃなんないんだよ。

脱走したオレが悪いよ、わかってるよ。でもその前に柏木の行いが悪いからだろ。ムカつく。柏木ムカつく。前の脱走のときはあんなに早く見つけたくせして、なんでまだ助けに来ねえんだ。

柏木以外の相手とだなんて、オレはもう……。

そう思ったとき、ものすごい音とともに扉が開いた。

「え……？」

その向こうにいたのは足を振り上げた柏木で……こいつ、扉を蹴破りやがったなと思う。

鍋島が音に驚いて振り返る……それより早く、セッティングされていたカメラを三脚ごと摑んで振り上げる柏木が、見えた。

ガシャアアアン！

破壊音が響いて、オレの上の重みがなくなる……。直前に目を閉じてたから鍋島が殴られる瞬間は見なかったけど……鍋島はベッドから離れたところに倒れている。かなりの衝撃だったんだろう。

「比呂っ」

柏木が三脚をほうり投げて駆け寄ってくる。

「だ……」

大丈夫、という前にすごい力で抱きしめられた。

ああ、これだ。と思う。あんな奴の気持ち悪い体温じゃない。オレが欲しいのはこの温もりだ。そう思った瞬間に全身の力が抜けていく。

「遅くなった。すまなかった」

柏木が謝ることじゃない。もともと脱走したオレが悪くて……。でも。

「ほん、とだよ。遅え……よ」

思わず口をついて出る言葉は可愛くないものだ。

「……う、わ。浩二さんでも謝ることがあるのねえ」

女性の声に少しだけ抱きしめる力が弱くなった。顔を向けると、そこには今日、オレが会いに行った人がいる。今は着物じゃなくて黒のワンピースだ。

「お前の子飼いがやったことだろう、どう始末をつける?」

「あらやだ、子飼いだなんて。小物なのに大物ぶってるから面白そうで観察してただけよ。それに、比呂ちゃんを襲ったときはちゃんと注意したし、あなたにだって顔見せさせてあげたじゃない。今日だって居場所探すのに協力したのに」

肩を竦めて部屋の中に入ってくるとケイさんはヒールを履いた足で鍋島を軽く蹴った。呻きもしない。完全に意識を飛ばしているみたいだ。

「あのときに、これが比呂を襲った犯人ですって差し出せば済む話だろう！」

「あらやだ。だって柏木浩二がまだ犯人に辿り着いてないなんて想像してないわ」

「そんな理屈が通ると思ってんのか」

うわ。柏木の声が一段と低い。どんな顔してんだろと思って見上げて……うん、見ない方がよかった。目からビーム出しそうなくらい怒ってる。

「そんなことより、早く手当てしてあげた方がいいんじゃない？　その綺麗な顔が見てて痛々しいのよ」

その言葉に、柏木はゆっくり視線を落とした。

「タオル、冷やしてきます」

扉近辺で聞こえたのは玉城さんの声。ああ……うん。オレの顔には多分ばっちり痣がついてるよなあ。

うっわ、柏木の顔がヤバい。髪の毛逆立ちそう。もし怒りのオーラが見えたら、部屋中を覆いつくしているかもしれない。

その顔のままで倒れた鍋島に視線を送るから……あんなことをされたのに、オレは『逃げろ』と叫びたくなった。柏木を殺人犯にするわけにはいかない。

「柏木、腕が痛いからほどいて？」

できるだけ甘えた声を出してみる。すぐに柏木が後ろに回り込んでガムテープを外そうとしてくれるけど、支えのなくなったオレはそのままベッドに倒れ込んでしまった。

「比呂？」

「あー……なんか、薬？　体が動かなくなるやつ、使われたみたい」

柏木が再び殺人を犯しそうな目で鍋島を睨みつける。けれど痛いと言った以上、オレの腕を外すのを優先してくれた。セーフだ。

自由になった手を前に回して何度か握ったり開いたりを繰り返す。うん、薬といってもたいしたものじゃなかったんだろう。さっきより体が動く気がする。

「ごめんなさいねえ、比呂ちゃん。鍋島が勝手なことして。でもこんなことできるほど度胸があるとは思わなかったのよ」

「勝手って……」

最初に襲われたときもこの人は近くにいた。そして今、オレを攫（さら）ったのはこの人と一緒にいた男だ。

「お前が比呂に興味を持つから悪目立ちしたんだろう」

「だって、浩二さんが夢中だなんてどんな子かと思うでしょう?」

「そんなことを言ってるんじゃない。だいたい……」

「若も敬一さんも少し声を低く。比呂さんの体に障ります」

そのまま言い争いでも始めそうなふたりに向けて戻ってきた玉城さんが冷静な声をかけた。手にはワインクーラーだろうか。それと白いタオル。正直、助かる。殴られたところが熱を持って頭痛までしそうだった。

「あら、玉城。敬一なんて呼ばないでよ」

つん、と澄ました顔でケイさんが横を向く。そこでオレは初めて、玉城さんが今、さらりと爆弾を落としたことに気がついた。

「けいいち……?」

けいいちって、どう聞いても男性の名前だ。

待って。けいいち?

けい。ケイ?

爆弾を落とした玉城さんが素知らぬ顔で柏木に白いタオルを差し出す。柏木が受け取ったタオルをオレの頬に当ててくれて……うん、冷たいから気持ちいいけど……え?

「ほら浩二さん。早く説明しないから、比呂ちゃんが不安になってこういう馬鹿なことが起きたんでしょう？」

「うるさい。お前のことなど説明する必要はない」

「あら冷たいわねえ。たったひとりの兄に対して」

あ……に……？

あに？

「誰が……、誰の？」

声が掠れる。

「私が浩二さんの、よ？」

待ってくれ。情報量が多すぎてついていけねえ。

ギギ、と音を立てるように首を動かしてケイさんを見た。赤い口紅のよく似合う大人の女性がそこにいる。

「あら。あなたも可愛く変装してるじゃない。お互いさまよ？」

事情が飲み込めない。

失礼だとわかっていてもケイさんの全身を上から下まで眺めてしまった。いや、ありえねえだろ。

「柏木を捨てたって……」

「綺麗さっぱり、常盤（ときわ）の家ごと家族は捨てたわ」

常盤、という名前にドキリとする。以前、聞いた話では関東から東北、近畿を押さえているヤクザのトップの組織。いずれ柏木が継ぐはずの組の名前だ。それを家族と呼ぶからには確かに柏木との繋がりがあるんだろう。

けれど、妹だったとか姉だったとかってパターンは聞くけどまさかの兄！

「下は取っちゃったけど、整形はしてないのよ」

そんなことは想像したくない。てか整形してないのか。そして下は取っちゃってるのか。

まったくオレに関係ないのに深く心に突き刺さる言葉だ。

「あ、に？」

「お義兄さんでもお義姉さんでも好きな方で呼んでくれていいわ」

その二択もありえない。柏木を見ると、不機嫌な顔のままケイさんを睨みつけてる。

なるほど、これは言えねえ。浮気の方がまだ素直に言えるだろう。自分の兄がオネエサンだなんてさすがの柏木もはぐらかしたくなるはずだ。

「濃すぎだろ、柏木家……」

オレの呟きにケイさんが爆笑し、柏木の眉間の皺が修復不可能なほど深くなった。

「ケ……ケイさん」

そのとき、弱々しい声が聞こえた。笑っているケイさんは気づいてないみたいで……後ろで倒れていた鍋島がふらりと立ち上がる。その手に光るものが見えて……オレは咄嗟にケイさんを横に突き飛ばした。

まだ薬が残る体が動くのはそれで限界だった。

ケイさんという目標を失ったナイフがまっすぐオレに向けられる。

あ、ヤバい。

ナイフを振りかぶる、鍋島。一瞬で近づく距離。

「比呂っ」

叫ぶような声とともにぐっ、と体が後ろに引かれた。力のない体は簡単に倒れて……オレを後ろに引いた男の体が前に出るのを今度こそ止めたくて手を伸ばす。

ベッドの上で、前のめりに膝をついた姿勢。

そんなんじゃあ、柏木は攻撃なんてできない。柏木は……柏木はただ、オレの前に出てオレの盾になるだけだ。

「やっ……！」

だめだ、そんなのだめだ！

手が柏木のスーツにかかる。倒れる反動を利用して目いっぱい引いた。

鍋島のナイフが、さっきまで柏木のいたところを掠める。その次の瞬間に、ゴッと鈍い音が聞こえた。

ベッドに乗り上げた玉城さんが、手にしていたワインクーラーで鍋島の顔を思い切り横

殴りした音だ。

　玉城さんが暴力的なことするとは思ってなくて驚いた。いつもニコニコしてるような人なのに。倒れた鍋島は意識こそあるようだけど顔じゅうが血だらけだ。

「鍋島」

　ケイさんが起き上がって鍋島を見下ろす。

「ケッ、ケイさんっ、助け……っ」

「助けられるわけないじゃない。馬鹿ねえ」

　ふふっ、と笑ってケイさんが足を振り上げた。あの姿からは想像もできないくらいの見事な蹴りに……直視はできなくて目を閉じる。

　鈍い音のあと、恐る恐る目を開ける。鍋島の体は一メートルほど移動していた。

「悪い子ね」

　ケイさんは鍋島の近くに座り込むと意識のない頬を人差し指でちょんとつつく。むっちゃ笑顔なのが怖すぎる。

「どうしようかしら？　警察でいいかしら」

「よろしいんじゃないでしょうか」

　玉城さんが鍋島の手を後ろに回して縛り上げる。バスローブの紐かな。手つきは乱暴だけど。

でもよかった……。このまま人には言えないような制裁が始まるんじゃないかってドキドキしてた。

「罪状は贈賄罪か横領罪あたりで」

「問題ないだろう。それくらいの証拠ならすぐに整えられる」

整え……って。つ……作るのかな？　ちょっと不安げに視線を揺らすと、柏木がゆっくり頭を撫でた。

「鍋島の会社は急成長しているところだった。残念ながら、普通の手段じゃ考えられないくらいのスピードだ。もともと警察に目をつけられてたさ」

そう、か。

鍋島は自分がやったことでちゃんと捕まるのか。

「まあ、刑務所は治外法権みたいなもんだ」

ぽつりと柏木が後ろで囁いた声にはっとする。

「あそこはどんなことがあっても逃げられねえ。中で事件でも起こせばいくらでも刑期は延びる。罪を償うのには最適な場所だろう？」

意識のない鍋島には当然、柏木の声なんかは届かない。

「か……柏木？」

「心配しなくても大丈夫よ、比呂ちゃん。刑務所は怪我をしてもちゃんと医者に診(み)てもらえるの。死ぬことはないわ」

ケイさんの言葉に安心……できるわけない。

「合法的に罪を償ってもらう、という話だ。比呂。ヤクザも最近は随分甘いもんなんだぞ」

いや違う。絶対違う気がする。

さあ行こうかと声をかけられて、抱き上げられたオレはいろいろなことが頭をぐるぐるして……。そのまま綺麗に意識を失った。

次に目を覚ましたときはマンションの寝室だった。横には柏木がいて、オレを腕に閉じ込めた状態だ。

「起きたか?」

「うん」

ウイッグはどこかへ行ってしまっているけど、服はオレも柏木もそのままだ。帰ってきてそんなに時間が経ってないのかもしれない。

「その、ごめん」

「何がだ?」

「今回はちょっと自由にしすぎた」

「今回は？」

柏木が大げさに声を上げる。

「でっ、でも何もされてねえし」

「上に乗られてたのにか？」

「キスも許してねえもん、ちょっと足触られたくらいで……」

「足？」

柏木の腕が緩んで、その視線がスカートへと移る。

「足、触られたのか？」

柏木の手がゆっくり裾を捲り上げる。

「スッ、ストッキングの上からだし」

「……余計ムカつくな」

意味がわからん。素足じゃねえし。

「まあ、こんなもんはいらねえか」

柏木がストッキングを摑んでいとも簡単に破いていく。あっという間に大きな穴になって、鍋島が触ったところなんてわからなくなった。

「……比呂」

大きな手が両方でオレの頬を包む。きっとそこに当てられたガーゼを見ているんだろう。

その顔が悔しげに歪(ゆが)んだ。

「守ってやるって言ったのに、すまない」

「オレが、悪い」

「悪くねえ。お前が逃げ出したりするのは想定内だ。こんな傷……！」

「でも助けに来てくれた」

「攫われる前に助けなきゃ、いけなかった。相手がいつも鍋島みたいな小物だとは限らない」

鍋島……小物なのか。

「どのあたりまで、触られた？」

柏木が、膝のあたりに手を置く。

「えっと……」

「もっと上か？」

手がゆっくり上がっていく。答えられないままでいると、さらに上へ……。

オレはその感触にゆっくり目を閉じた。

柏木の、温もりだ。

あんな男とは違う、安心できる温もり。

そう思ったら、ぽろりと涙がこぼれた。

「比呂?」

柏木がゆっくり目じりに唇を落とす。

「怖いのか?」

その問いにすぐに首を振った。

「違……っ、お前でよかっ……て」

「うん?」

「柏木で、よかった。柏木がいい。柏木じゃなきゃ、嫌だ」

一気に言って目を開くと、驚いたような柏木の顔がすぐ近くにあった。

攫われるなんて特殊なことがあって心が弱くなってるのかもしれない。でも、今の気持ちを隠す気にはなれなかった。

「オレに触れるのはお前じゃなきゃ、嫌だ」

柏木の身体を抱きしめると、すぐに力強く抱き返される。

深く唇が重なって……ああ、殴られてもキスしないでよかったと思う。やっぱり柏木のキスがいい。

柏木の両手がスカートの中に入ってきて、あっという間に下着を取り去る……のかと思ったら、手をかけたところでぴたりと止まった。

「どうし……」

「下着も、女物なのか？」

「まあ、うん」

その瞬間、ばっとスカートが捲られて、柏木の頭がその中に消える。

え……、と思う間もなく、下着の上からそこに生暖かい感触があって……びくりと体が跳ねた。

「ちょ……っ、待っ……柏木っ」

そのままそこを甘噛みされて、あっという間に固くなる。

これ、あれかな。まだ帰ってきて間もないから着替えてないんだと思ってたけど、こいつわざとか……！

頼りない女性用の下着と肌の境目を丁寧に指がなぞっていく。それから立ち上がっている、オレのものを確かめるように……。

「あっ」

するりと指が隙間から侵入して声を上げた。

そのまま手のひら全体が後ろ側へ入ってきて……前が狭い布の中で締めつけられる。その緩い刺激に目がぐるぐるするのは、まだ薬が残っていて本調子じゃないせいかもしれない。

「かしわっ……」

名前を呼ぶ声が掠れた。少し刺激を弱めてほしくてスカートの上から柏木の頭を押さえると、太股の内側を噛まれた。

内側から、下着のウエスト部分を掴んで引き下ろされ、勢いよく飛び出したそれが生暖かい感触に包まれる。

「待って、待っ……あああっ」

性急に吸い上げられて、あっという間に達してしまった。

心臓の鼓動が大きく響いてる気がする。いつもより荒い息に、柏木がようやくオレの顔を覗き込んだ。

「待ってってって言ったのに」

息を整えながら言うと、柏木もようやくオレの具合が悪いのだと察してくれたみたいだ。

ゆっくり頭を撫でてくる。

「仕方ないだろう。下着まで女物だとは……」

変態がいる。わかってても、今のはちょっと引く。太股に引っかかったままの下着を脱いでしまおうかとも考えたけど、無防備に晒すのも危険だと思ってきちんと穿き直した。

なんとなく柏木が残念そうな顔をしているのは無視だ。

「まあいい。このまま寝ろ。回復したら、借りは返してもらう」

借りなのか？　これは返さなきゃならないような借りなのか？

それより、もうひとつ言いたい。

「このままはねぇよ。パジャマに着替えさせろよ」

その言葉に眉間に皺が寄るのはどうしてですかね、柏木さん。

「意外に女装好き？」

「違う、たまにはこういうのもアリだと思っただけだ」

思ったんだ……。

柏木の仏頂面を見ていると、笑いたくて顔が歪む。

「……比呂」

たしなめるような声に、限界だった。オレは遠慮なく笑いだす。

「比呂。そんなに元気なら襲うぞ」

そう言った柏木はオレの胸元に手を当てて……固まった。

「柏木？」

「柔らかい」

うん。そりゃあ、下着まで女性物にするくらいだから胸も作ってるけど。ていうか、触る前に見ればなんか詰めてるのはわかるよね？

「いや、それ偽物だし」

「本物に……」

「ならねえよ？」

揉んでたら本物になるかもの勢いで揉んでも、ただの綿だし。

「見ていいか？」

「何を？」

視線が胸元から離れないから何を言いたいのかはっきりわかってはいるんだけど確認せずにはいられなかった。

「胸」

うん、確認したところで答えは変わらねえな。

「見てもつまんねえだろ。ブラジャーの中に嘘胸詰め込んでるだけだし」

「いや、ブラだけで価値がある」

すごい自信満々に断言しやがる。

「どうせ着替えるんだろう？」

ああそうだった。このまま寝ないと宣言したところだった。

「……着替える、けど」

オレの言葉に勝ち誇ったように笑うのはなんでですかね？　力任せに胸元を広げるから布がおかしな音を立てる。顔を寄せてくる柏木は嬉しそうだ。

「ちょっ、見るだけって……」

「見ていいか、とは聞いたが見るだけとは言っていない」

心臓の真上に冷たい唇を落とされて、ぴくりと体が跳ねる。

「ピンクか」

感慨深げに言わないでほしい。ピンクのフリフリのブラはオレも少し抵抗があったけど、高崎さんを上手く出し抜いてちょっとテンション上がってたっていうか……。

ふっと胸元が少し楽になったと思ったら、詰めていたパッドを柏木が放り投げるところだった。

「柏木?」

「胸があればと想像してみたが……」

うん?

「お前ならどちらでもいい。問題ない」

いや、問題なくない。かなりの変態発言だ。

若干引いていると、パッドがなくなってぱかりと開いた隙間に柏木の指がかかった。止める間もなくそれを広げられて、現れた突起を軽くついばまれる。

「ちょっ……」

背中に手が回って、服の上から触ってるなあと思ったらブラのホックが外れて驚いた。

服の上から外すなんて、どんな高等テクニックだ!　少しの経験じゃそんな簡単に外せないだろう。

しかもブラを咥えてずらすとか……。エロい視線を向けられてイラっとしたオレは、ぐいっと柏木の頭を押しのけた。

「ムカつく」

「あ？」

「お前が、今まで抱いてきた女を想像してムカつく」

ふいっと横を向くと、柏木が覆いかぶさってきて重くなる。

「比呂、それは俺を煽っているようにしか聞こえねえぞ？」

耳元で囁かれて、そのまま耳朶を甘く噛まれた。

「なん……っ」

「恋人が可愛い嫉妬してたら、そりゃあぐっとくるもんがあるだろう？」

軽いキスが首元に落ちてくる。ついばむような、遊ぶようなキスは数え切れないくらいで、くすぐったい。止めようとして柏木の頭を抱え込んで……すごく近くで交わる視線に、どきりとした。

「比呂、愛してる」

「うるせえ」

「お前だけだ。好きだ。愛してる。比呂、拗ねるな」

言葉を重ねられていくうちに、ぽっと体の中心が温かくなる。

「比呂」

名前を呼ぶ声が艶っぽい。

「比呂」

甘い、甘い囁き。それに引き寄せられるように唇を重ねた。完全にオレの負けだ。

さっきまで言い合っていたのが嘘みたいに、無言でキスに夢中になる。柏木の手がスカートの下に潜り込んで今度こそ下着を取っていく。無防備なスカートも悪くないと思ってしまうあたり、オレも随分柏木に侵されている。そして全裸……速すぎる。

「体は、大丈夫そうか？」

その言葉にちょっと視線が泳ぐ。どっちかと言われれば無理だ。でも今は柏木が欲しいと思う熱が少し勝って……いる、かな？

「だ……だい」

「そうか。大丈夫か」

いや、まだ言ってないけど。

ベッドサイドの引き出しを開けるのを止められなかった時点で同意してしまったようなものだ。取り出されたジェルが後ろに塗られて、ひやりとした感触に体が震える。

ゆっくり指が入ってくる。それに合わせるように、くすぐったいキスが再開される。その感触がどうしようもなく幸せで……柏木がズボンの前を緩めいていくのを待ち遠しくさえ感じて。

「柏木」

「ん？」

「オレのこと好きか？」

「愛してる。お前以外に欲しいものなどない」

迷いのない言葉だ。

うらやましいくらい、まっすぐな言葉。

「言葉でも、態度でも示しているはずだが……足りないか？」

ぐっと柏木の頭を引き寄せる。オレはいつの間にこんなに欲張りになったんだろう？

「ああ。足りない」

「いくらでもくれてやる」

指がいきなり三本に増やされる。少し痛みがあったけど、そんなことはどうでもいいと思えるくらい体が熱くなる。

「あ……っ」

体内で動く指が、徐々に快楽を引き出していく。

それに身を委ねていくのはまるで柏木に溶かされていくようで……。耳元で大きく息を吐く音が聞こえた。

「愛してる。全部だ。全部愛してる。俺の愛を疑うな、比呂」

するり、と指が抜かれた。広げられた場所が次に来るものを予想してひくりと動く。

「比呂」

柏木が名前を呼ぶだけで体の奥が熱くなる。

固くなったそれを押し当てられて、息が止まる。

「比呂」

落ちてくる、優しい口づけ。

体の力がほんの少し抜けたタイミングで、一気にそれが押し入ってきた。

「あああっ」

大きく体がのけぞって、柏木の手がオレの腰を支える。

「比呂」

奥まではまだ、届かなくて……欲しいと心が訴える。柏木が欲しい。どうしようもなく。

「もっ……と」

オレの声に柏木がぐっと腰を前に進めて……ふたりの間に隙間がなくなって……。

「愛してる、比呂」

心地(ここち)よいその言葉に頬が緩む。

愛してるって……すごい言葉だなと思った。オレと柏木の違いだとか、不安だとかそういうのをまるっと包み込んでしまう。

「柏木」

もっと近くに感じたくて手を伸ばす。力強く抱きしめられて、心が満たされる。

ああ、オレは柏木を……。

「動くぞ？」

「え、あっ……ちょっと待っ……あああぁっ」

聞いておきながら、柏木はこっちの答えなんて待ってくれない。ちゃんと伝えたい言葉があるのに！

激しい律動に頭が真っ白になる。柏木しか感じない。全部の感覚を柏木が支配する。意味のない声が口から出ていく。

少し浮いた腰を力強い腕が支えて……、上から叩きつけるような動きにぶつかり合う音が響いて……。

「……っ、比呂」

余裕のない柏木の声。

ぐっとオレの中のものが質量を増す。柏木が必死にオレを求める姿は、心の奥底に温かい何かを残していって……。

もう少しで声に出せそうなのに、圧倒的な熱量に流されて言葉にならない。

吐き出す息が……、オレを呼ぶ声が……、全部、全部……！

「比呂、愛してる」

欲しいと思った言葉は簡単にそこにある。

疑いようのない、柏木の心。言葉で行為で熱で……柏木はオレに伝えてくる。

「か、しわ……ぎっ」

片足を大きく持ち上げてられて背中がベッドから浮く……！

ひときわ大きく打ちつけられて、悲鳴みたいな声を上げた。足……っ！　足が、無事な気がしない！

口を開けると舌を噛んでしまいそうなくらい揺さぶられて、世界が回る。気持ちいいのか痛いのか辛いのか嬉しいのかわからなくなって……。

「愛してる、比呂」

そんな言葉を聞きながら、オレは意識を失った。


次に目が覚めたのは夜中だった。

あたりの音が極端に少なくて、外の闇が濃い気がする。ベッドの横に置いた携帯を確認すると二時を回ったところだった。服は……ああ、よかった。もうワンピース着てない。

さすがにパジャマに着替えさせてくれてる。

　隣で柏木が静かな寝息を立てている。こうして寝ている顔は少しだけ優しいようにも見え……気のせいか。美形だけど、人相悪いもんなあ。

　柏木と出会ってから、どうも平穏な日常というのはどこかへ行ってしまったみたいだ。でも、思い返してみるとそのどれもが楽しくて……柏木に影響されて、オレも変態になってしまったのかもと思う。

　ぐっすり眠っていたおかげで、頭がすっきりしていた。時間もけっこう経っているし薬が完全に抜けたのかもしれない。全身が筋肉痛のような痛みを感じていることだけは残念だけど。

『愛してる。全部だ。全部愛してる。俺の愛を疑うな、比呂』

　柏木の寝顔を見ていると、さっき言われた言葉が浮かんできて顔が真っ赤になった。

　こいつは本当に恥ずかしがりやの日本人なんだろうか？　ああも躊躇（ちゅうちょ）なく言えるってすごい。

「……」

　ちょっとだけ、柏木の頰に手を伸ばす。

　いつもならこれくらいでも起きるのに、今日はさすがの柏木も疲れているんだろうか。

　オレは目が覚めちゃったのになあ……なんて思って、気がついたら柏木の鼻をつまんでいた。

「……比呂？」

さすがに目を覚ました柏木が少し寝ぼけた声でオレの名前を呼ぶ。

それが嬉しくてオレは無理に体を起こして柏木の上に乗り上げた。あちこち痛いが、動かせないほどではない。柏木は目を何度か瞬かせて、オレを見てる。

「なあ、柏木」

「ん？」

「オレ、お前を愛してる」

「……！」

柏木がその瞬間にがばりと起き上がるから、バランスを崩して落っこちそうになる。けれど支える力強い腕がそれを食い止めて……。

唇が重なる前に少しだけ身を引くと柏木が不満そうに眉を寄せる。その顔に笑いながら、オレはもう一度告げた。

「愛してる」

うん。

だってオレはもう柏木以外に触れられたくない。

「オレ、お前を愛してるよ。もう愛人とか、恋人とかどうだっていいや。オレはお前の隣を誰かに譲ったりしない。柏木浩二はオレのものだ」

固まっている柏木にオレの方から口づける。

多分、明日はまた大学に行けそうにない。それでも、今はこの時間を大切にしたいと思った。


げ……幻覚だろうか。

こちらへ手を振っている、ものすごく目立つ美女がいる。

今日の毛皮は黒。同じ色のブーツにサングラス。やたら光沢を放つブランドバッグ……まるで女王様のようないでたちのその人が、自分に向けて手を振っているとは思いたくない。

あの誘拐事件から二週間。オレの顔の痣も消えていつもと変わらない日常が戻ってきたはずだった。

「うちの学校、部外者でもけっこう自由に入れるんだな……」

亮がぽつりと呟く。

オレの脱走に関わることになってしまった亮はすぐに楢さんを連れて朝霞の屋敷に引きこもったらしい。さすがの柏木もケイさんが絡む今回のことを他の組まで持ち込むことはできなかったみたいだ。

　もう解決したので今から楢さんに何かあるとは思えないけど、念のため危害は加えないよう『お願い』しておいた。まだ顔に痣があるときだったし、涙目で訴えたから大丈夫だろう。理不尽なことも多い柏木だけど、オレとの約束は守ってくれる。

「比呂、知り合いか？」

「違うと思いたいな」

　あんな怪しい部外者が入れるなら誰でも構内を自由に歩けるだろう。まあ、保護者と言ってしまえば大学側には断る理由もないのだろうが。

「もう一度、教室に戻ろうか」

　オレが言うと亮も同調してくれて、ふたり一緒に背を向けようとしたら大きな声が聞こえてきた。

「秋津比呂ーっ、比呂ちゃあああん！」

　勘弁してくれ。

　そして亮、お前は構内でオレの護衛を兼ねているんじゃないのか。距離を取ったらその意味がないだろ？

「せっかく目立たないようにしたのにぃ」

甘えた声を上げるケイさんにはもはや恐怖しか感じない。ケイさんの正体を知っていなければ、可愛く甘えられたと捉えることも……いや、無理だ。

「目立たないポイントってどこですか？」

「着物じゃないし。色だって黒にしたもの。顔を隠すのに大きめのサングラスだって用意したのよ？」

そのサングラス……確かに顔は隠せていますけれど、サングラス自体の癖が強すぎて目立ちまくりだ。ケイさん以外の人がかけたなら笑えるようなデザインなのに、それを上手く使いこなしているところはすごいと思う。思うけど、個性を引きたたせているだけだ。

「何か用ですか？」

「そう。比呂ちゃんと仲良くなりたいなと思って」

「えっ？」

聞き返した声が自分で思っていた以上に大きかった。

「私たち、義理の姉妹みたいなものじゃない？　もっとお互いに連絡取ったりしたいのよ」

その言葉に無言で首を振る。どちらも女性じゃないのに姉妹ってなんだとか、連絡なんて冗談じゃないとか、言うべきでない言葉がこぼれそうになって固く口を閉じるしかなかった。

というか亮。隣にいるのに空気になりすぎだろう、お前。

とりあえず、外では目立ちすぎるとカフェテリアへ移動した。そのままコーヒーでも頼んでおとなしく話そうと思ったのに、大学のカフェテリアに興奮したケイさんに押されて食事をすることになった。

「大学っておしゃれなのねえ。私、ほとんど行かなかったから新鮮だわ。ね、おすすめはどれ?」

おすすめって……今日のA定食はまた竜田丼なので、それを勧める。時間は一時を少し回っているけど竜田丼が残っていてよかった。オレも竜田丼を選んだ。亮は珍しくC定食のほうれん草のクリームパスタだ。食欲がないんだな。それはわからなくもない。

ケイさんは気前よくオレと亮の分も払うと、ご機嫌で小鉢を選んでいる。メインが竜田丼なのに、から揚げの小鉢を選んでいるあたり、けっこう肉食だ。

それぞれのトレーを持ったオレたちはいつもの窓際のカウンター席ではなくて、隅の方にある大きめのテーブル席につく。

いただきます、と手を合わせるケイさんの存在はまるで現実じゃないみたいだ。

「やだ、おいしいじゃない」

そうだろう。ここの竜田丼は美味いんだ。

「これなら毎日でも食べられるわね」

また来ようとでも言いそうなケイさんに顔が引きつる。亮は黙々とパスタを食べている。こいつ、さっさと食べていなくなるつもりじゃないだろうな。

「私ね、比呂ちゃんにお礼言ってなかったなと思って」

「お礼ですか？」

なんかしたっけと考えてみるけど思い浮かばない。

「ほらあ、あのとき私を庇ってくれたじゃない。動かない体で無理に私を庇ってくれる姿にきゅんとしちゃったわあ」

動かない体……ああ、鍋島がナイフを振り上げたときだとようやく気づく。

「いや、あれは無意識に」

「ふふ、素敵」

その言葉に背筋に冷たいものが走る。亮も同じだったようで、フォークを持つ手が止まっていた。

「あのね、だからお礼といっちゃあなんだけど、この間言ってたこと……比呂ちゃんがその気ならいつでも力になるわ」

「この間……？」

「そう。お店で話したじゃない。私なら、浩二さんから逃がしてあげられるって。彼の執着って、半端じゃないと思うわ。それに環境だって特殊じゃない？　一般の人にはなかなか受け入れられないはずよ」

ああ……そういえば、そういう話をしていた。

オレはあのときちゃんと答えられなくて。

でも。

「それなら」

大丈夫、オレは柏木と一緒に……そう答えようとしたとき、カフェテリアの入口がざわついていることに気がついた。

なんだろうと思ってそちらへ目をやって……オレはぽかんと口を開ける。

光溢れる、大学のカフェテリア。そこにあきらかに似合わないダークな雰囲気を背負った男前が歩いてる。

「柏木……」

どうしてここに、とは言わない。今は亮以外にも警護の人がいるらしいし（顔を見せてもらったけど、普段は離れているのであまり気にならない）、ケイさんが現れたことを聞いて心配した柏木が来てもおかしくは……いや、やっぱりおかしい。柏木浩二ほど大学に似合わない男なんていない。

「あらやあねえ。心配症もここまでくると病気よね」

うん、そうかもしれない。

まっすぐこちらへ歩いてきた柏木は当然のようにオレの隣に座る。それと同時に亮がごちそうさま、と手を合わせるのが見えた。うん、食べ終わったら当然、皿を片づけに行くよな……。いつになく早い食事だったけど、このためのパスタか。柏木が来た以上護衛の役目もないし、きっともうここには戻ってきてくれないだろう。

「ケイ。比呂になんの用だ」

「なんの用でもいいじゃない。いちいち小さいことを気にしてたら、アソコまで小さくなるわよ」

すげえ、下ネタだ。

「お前、比呂に近づくなとあれほど……」

「だって比呂ちゃん、私の命の恩人だもの。お礼くらいいいじゃない？」

「胡散臭え」

ああ、胡散臭い同士が喧嘩してる。お互い、声を張り上げたりはしてないけれど、この目立つふたりに周囲の学生たちの視線が痛い。亮が早々に離れたのも頷ける。

「胡散臭いだなんてひどいわ」

残念ながら事実だ。

「比呂。今日はもう帰ろう」

「え、無理。午後の講義残ってるし」

「いいじゃねえか。美味いもの食わせてやる」

出た。美味いもの攻撃。だがいつまでもそれにふらつくオレだと思うなよ。

「大丈夫。今、食べてるし」

目の前の竜田丼を指さすと柏木が器用に片方の眉を上げた。

「……それ、前にお前が言っていたやつか？」

柏木の言葉にちょっと驚く。この前レストランで言った、何気ない一言を覚えているなんて思わなかった。

「食わせろ」

と、柏木がオレの箸を取り上げる。

ああ……一番大きいやつを取っていきやがった。

竜田揚げを口に含んだ柏木は、少しだけ目元を緩める。

「ああ、確かに美味いな」

美味いんだ。

柏木もこの竜田丼を美味いって思うんだ。

「だろ？」

オレが作ったわけでもないのに、嬉しくなって頬が緩む。

「この間とは違うわね」

呆れたようなケイさんの声に、ここがどこだったか思い出した。

「え？」

「不安だらけの表情とは違うわ。私、余計な気遣いだったかしら？」

そんなにオレは不安な顔をしていたんだろうか。

自分の表情なんてわからないけれど……。

「なんだか、ここまで来た私が馬鹿みたいじゃない。心配して損したわ」

立ち上がるケイさんを追い払うように柏木がシッシと手を動かす。

「比呂ちゃん、また店にも遊びに来てね。いろいろお話しましょう？」

いや、それはできれば遠慮したいです。

ケイさんがいなくなって……オレは残っている自分の竜田丼を食べ始めた。でも、さっきからじっと見てる視線があって食べにくい。

「比呂」

名前を呼ばれて横を向くと、やたら上機嫌な柏木がいる。

「何？」

「またここに来てもいいか？」

「え？」

「お前の日常を覗きに来て、いいか？」

オレの、日常。

「お前と俺はどうしたって住む世界が違う。年齢も、生活も、育ってきた環境も、何もかもだ。だから、少しお前の世界に触れたい」

そんなことを言われて……嬉しくないはず、ない。

「柏木……」

「就職は……やっぱり許してやれねえかもしれない。だが、一緒に考えることはできる。お前が自立したいなら、その方法を」

オレが自立する方法。

「就職なんてのはただの手段だ。だったら他にも手はあるかもしれねえだろ」

頭を撫でられて、小さく頷く。子供あつかいされているような気がしなくもないが……確かにオレが就職したいと思うのは就職自体が目的ではないはずだ。

柏木の言うようにそこから一緒に考えていけばいい。

「愛してる」

小さな声に、オレもと声を出さずに答えた。

ヤクザから独占欲で縛られています

「週末は予定があるのか?」

テレビを見ていると、帰ってきた柏木がスーツの上着を脱ぎながら聞いてきた。高崎さんたちは柏木の帰宅と同時に出ていったので家にはふたりだけだ。

拉致事件からは一ヶ月ほどが過ぎている。

ちなみに、あの事件のあと高崎さんが消えた。かわりに護衛に来た人はどれだけ聞いても居場所は答えてくれず……柏木に聞いても『研修だ』と言うだけ。

結局、高崎さんが戻ってきたのは一週間後だ。

疲れているような気はしたけど、いつもと変わらない様子にほっとした。怪我がないかいろいろ触って確かめても、どこにもそういう気配はなくて、でも心配だったので目で確かめようと『脱いで』と言うと全力で逃げられた。まあ、あれだけ元気に動けるなら大丈夫なんだろう。一週間の間に何があったか聞いたら柏木の言っていたとおり『研修です』と答えてきた。内容は頑なに教えてくれなかったけど、遠い目をしていたのでそれ以上聞くことは諦めた。高崎さんは意外に頑固だ。

前に『柏木にも任命責任があるから本人が嫌がらない限りやめさせない』と約束させたけど、それだけでは足りなかったかもしれない。そう考えたオレは、顔の痣を見せつけてできる。

柏木から『高崎さんに危害を加えない』って約束をもぎ取った。これで安心して自由にできる。

「うん。ちょっとね」

そう答えたものの、この『ちょっとね』だけで外出が許されるとは思っていない。

「亮と買い物」

ということにしておこうと思う。亮に口裏を合わせてくれと頼んだら『そんな無駄なことはしない』と返されてしまったけど、オレが上手く誤魔化せれば問題はないはずだ。

「ほう……渋谷の貸しスタジオでなんの買い物だ？」

真横にどさりと音を立てて座った柏木が、オレの見ていたテレビを消してしまう。

「楢と言ったか。ただのカットモデルの撮影にスタジオまで押さえるなんてやりすぎじゃないか？」

「知ってんならわざわざ聞くなよ」

今週末は前に楢さんから頼まれたカットモデルをやる予定だった。美容院の中で簡単に写真を撮って終わるんだろうと思っていたら、スタジオを押さえてカメラマンまで用意するという。これをいきなり行けませんなんて言えるはずないけど……オレの恋人は執着系でわりと面倒くさい。

「俺はそんなもの許可した覚えもないが……」

すっと頬に伸びてくる手をかわすと柏木が不機嫌そうに片方の眉を上げた。

「許可なんていらないだろ」

「比呂。お前の写真を撮ろうというんだ。俺の許可がなくてどうする？」

「どうもしねえし」

意味がわかんねえ。ただの写真だ。そこまでの価値はない。

「だいたいオレの写真なんてもうどっかに出回ってるだろ。今までだってSNSに上げられたりしてるって」

昔から写真を撮られることは多かったのだ。カメラを持った変態に追いかけられたことも一度や二度ではない。友人、知人と名乗る相手から勝手に撮られることもあって……街でモデルにスカウトされても興味が湧かなかったのは、写真が嫌いになっていたせいかもしれない。

「は？」

「ネットに上げられていたものは消した」

「消した」

なんでもないことのように言う柏木にちょっと引いた。

消したって、なんだ？　そう思って知り合いのアカウントを確認してみると……確かに写真が削除されてる。何人か見てみたけれど全部だ。

「……ヤクザ、半端ねえ」

オレの呟きにどこか得意げな柏木がムカつく。

「でも楢さんとの約束だから。企業でいえば契約だろ？　反故にできねえだろ？」

「主権者である俺の意見が反映されていない」

「なんでお前が主権者なんだよ」

「比呂に関することなら、俺が主権者だろう？」

「なんでやねん」

思わず、関西弁で突っ込んでしまった。心地いいくらいの独占欲ならかまわないけど、柏木はちょっと度を越えている。変態だからか。

でもまあ、楢さんに直接おどしをかけずにオレに聞いてくるあたり、少しは気をつかっているのかなと思わなくもない。仕方がない、とオレは柏木に向かい合う形で膝の上に乗る。

「……なんの真似だ？」

「色仕掛け」

柏木の首に手を回して、頬に口づける。

「週末、楢さんのカットモデル。いいよな？」

頬からゆっくり唇に近づいて……間際で止める。

「柏木」

できるだけ、甘えるような声を出した。

「……っ」

出したのだけど……だめだ。甘えるオレとか、ちょっと気持ち悪い。この色仕掛け作戦は自分に返ってくるダメージがでかい。

失敗だと体を離そうとしたとき、ぐっと頭を引き寄せられた。

唇が重なって、ぎゅうと体を抱きしめられる。

「……っあ」

入り込んでくる舌を受け止める。

息が苦しくなるくらいの、キス。オレは柏木のキスに弱くてすぐに体の力が入らなくなる。

「色仕掛けするなら最後まで責任を持て」

「だめだった」

そう答えると柏木が小さく笑う。

「風呂(ふろ)入るか?」

「……ひとりで」

「無理だな」

「じゃあなんで聞いたんだよ」

「風呂か寝室か選ばせてやろうと思ってな」

煽(あお)るお前が悪い、と呟いて再び唇が重なる。

でも簡単に煽られる柏木も悪くないか？　そう思うものの、ぬくもりが心地よくて目を閉じる。

「決めたか？」

「ん……っ、何？」

キスを繰り返しながら柏木がオレのシャツのボタンを外していくから、オレも柏木のネクタイを緩める。お互いの服を脱がしていくのが少し楽しくなる。まあ、だいたいスピードで柏木にかなうわけはなくてオレの手は途中で止まるけど。

「風呂か寝室」

シャツが床に落ちて、アンダーウエアが脱がされて……肌が空気の冷たさを感じるより早く柏木の唇が落ちる。

「あ……」

胸元を軽く甘噛(あまが)みしながら柏木の手がベルトにかかった。緩められたズボンの隙間(すきま)から手が入ってきて、下着ごとずらされる。ふわり、と体が持ち上げられて慌てて柏木にしがみつくと下は脱がされて何も身に着けていない状態になった。ちなみにオレは柏木のネクタイを外してボタンを数個……レベルが違いすぎる。

「し、んしつで」

柏木の耳元で小さく呟く。ここまでくると早く柏木が欲しいなんて思ってしまうオレは相当に柏木浩二に侵されている。

オレの声が届かなかったはずはないのに、体を抱えて歩き出す柏木の足は風呂場に向かっていた。結局自分の好きな方に向かうんじゃないか。言って損した。

ふてくされて柏木の肩に顎をのせると柏木が少し笑った気がした。

「あ、あのさ柏木」

「なんだ?」

オレを抱えたまま器用にドアを開けて廊下に出る。

「週末……」

今、話しておかないと多分この先は会話らしいことができない。そう思って言いかけた言葉がキスに吸い込まれた。

柏木がゆっくりオレを床に降ろして……だけどキスは深くなる。足は床に着いているのに力が入らない。柏木は崩れ落ちそうになるオレの体を壁に押しつけて支えると、足の間に太股を入れてぐっと体を寄せた。

「ちょっ……」

柏木の太股が緩くソコを刺激する。同時に付け根の際どい部分を摑まれて声が上がる。

「ろ、廊下っ」

「別にいいだろう。見ている者なんていない」

そりゃあそうだけど、でもこんなとこで始めたら……その、明日から平常心で廊下を歩けない！

「あの、さ」

「……」

「そんなにダメ？」

それでも一応もう一度、と思って聞いてみる。知らない間に危険な手伝いをさせられたあげくに、スタジオを用意してくれている楢さんに申し訳ない。

「たかが写真じゃん。楢さん、店の宣伝とかには使わないって。今後、自分を売り込むときに取引先に見せたりする写真だって言ってた」

「それをどうやって信じる？」

「どうやってって……」

「今はそうでもいつか使うかもしれない。カメラマンがデータを抜くかもしれない。お前の写真で欲情する奴が出てきたら俺はどうすればいい？」

「は……？」

欲情って！

「ただの、写真に？」

「お前の写真だ」

自信満々に言う言葉が間違ってる。

「あのさ、オレは男なんだ。女の子にきゃーきゃー言われても、欲情されることってあんまりないと思うんだけど」

小さいころから数々の変態に狙われていたことはこの際、棚に上げておく。一般的に変態は少数派のはずなんだ。

「じゃあ聞くが、今まで男から誘われたことは？」

「……なくは、ない」

「ストーカーが男だったことは？」

「……まあ、なくもない」

「比呂」

ほら見ろというような顔をしないでほしい。

「いや、だって……」

「だっても何もない。また鎖で繋ぐか？」

「それをおどしに使う気なら口、きかねえ」

ふい、と横を向く。プレイとかお遊び半分ならいい（よくないか？）けど、本気で監禁されるわけにはいかない。

「それは困るな」

小さく笑った柏木が顎のラインを甘嚙みする。

「じゃあ俺も色仕掛けでお前を止めるか？」

え？　と思って柏木を見上げるとものすごくエロい視線とぶつかった。自分のシャツのボタンを外し、アンダーウエアを脱いで肌を晒す。綺麗に筋肉のついた体だ、いつも忙しくしてるくせに、一体どこで鍛えているんだろうと思う。

「比呂」

耳元に囁く低い声。

それだけで体の奥が熱くなりそうな……艶のある声に思わず目を閉じる。

「比呂」

柏木が手を摑んでゆっくり口元に持っていく。そのまま、指先を咥えられて背筋がぞくりとする。

「この手は俺のだ」

手のひらを柏木の舌がゆっくりと這う。

手首のあたりで甘嚙みして、離れた唇は耳元へ移動した。

「この耳も」

低い声が囁いて、耳たぶを吸う。音が間近で聞こえて……柏木はきっと跡をつけた。

「首筋も」

言いながらまた強く吸う。

「ちょっ……柏木！」

「鎖骨もだ」

がりっ、と歯を当てられて痛みに顔をしかめると、すぐにその場所を甘く舐められる。

「胸のこの小さな飾りも」

柏木の指がオレの乳首を軽くつねって下へと降りていく。

「目も鼻も頬も」

言いながらその箇所に唇を落とす。下へ移動した手が後ろへ回って……柏木をいつも受け入れている場所に触れた。

「もちろん、ここも」

「うぁっ」

たまらず声を上げると顎を摑まれてまっすぐにオレを見つめる柏木と目が合う。

「髪の毛の一本までもお前は全部俺のものだ、比呂。勝手に写真なんか撮らせるな」

射貫くような目に、全身が震える。

これは……何を言っても無駄かもしれない。写真の一枚や二枚って思ってたけど、柏木の執着具合を舐めてた。

「愛してる、比呂。お前は俺のものだ」

肌と肌が直接、触れる。抱きしめられて、唇の端に小さなキスが落とされる。

普段から恥ずかしいことを平気で言う男だが、『色仕掛け』中の今はさらに饒舌で。

「お前の肌は白くて、跡がつきやすい。体中につけて外に出られなくしてやろう」

喉元を強く吸われる。普通にセックスしてても跡が残るのに、そうやってつけられたら確かに撮影どころじゃない。

「週末まで寝室に籠って、ずっとお前を抱いていようか？　お前の体の指先から足先まで全部舐めて、ぐずぐずに溶かして、何も考えられなくしてやろうか？」

「あっ、足先って！」

「されたことがないか？　まあ、そうだろうな。キスが好きなお前はきっと気に入る。足の指の一本一本を口に含んでその間を丁寧に舐めて……」

ぐあっ、なんだそれ。恥ずかしくて死ねそうだ。

「どうしてほしい、比呂。望むとおりに抱いてやる」

入口をゆるゆると触っていた指が少しだけ、中に潜り込もうとして体を捩るけど……しっかり抱きしめられていて逃げられない。

「後ろを舐められるの、好きだよな?」

耳元で囁かれた言葉にびくりと体が跳ねた。

「それから、前も」

手が後ろから前に回って……オレ自身をゆっくり撫でる。否定したいのに、言葉だけですっかり立ち上がってしまったのは情けない限りだ。

「いくらでも舐めてやる。お前が嫌がって泣いてもやめない」

やめてくれ。嫌がって泣いたらやめてくれ!

というかこれ、色仕掛けなのか? そんな可愛いものじゃなくてもう攻撃じゃないか?

いたたまれなくなって、思わず両手で柏木の口を塞いだ。

「……」

比呂、と柏木の唇が動いた気がする。見えないし、声も聞こえないけど。

「……」

それでも外さないでいると、べろりと濡れた感触があった。柏木が手のひらを舐めたのだ。

「うわっ」

慌てて外すと、バランスを崩してこけそうになった。その体を柏木が支えてなんとか体勢を立て直す。

「あのさ、柏木……っと」

柏木がオレの体を持ち上げたので、落ちないように慌ててしがみついた。

「言葉より、実践がいいよなあ。比呂？」

さっと顔が青ざめる。向かっているのは最初の目的地の風呂場だ。

「まずは隅々まで洗ってやろう」

隅々、が強調されてる気がする。ヤバい。

「いや……待って」

「なんだ、やっぱりそのまま寝室がいいか？」

「違うし」

「廊下が嫌だとか、風呂が嫌だとかわがままばかりだな」

「は？」

意味がわかんねえ。

「素直に色仕掛け受けてろ」

ほら、やっぱりこれは仕掛けじゃなくて攻撃だ！

「お湯、入ってるし」

風呂場を覗（のぞ）くと湯舟にお湯が溜（た）まってた。高崎さんが余計な気を回して入れてくれていたようだ。

柏木はオレを湯舟に降ろすと脱衣所に戻っていった。まだ上半身しか脱いでないから、ズボンを脱ぎに行ったんだろう。

湯加減はちょうどよくて、乳白色の少しとろっとした感じの入浴剤が入れてある。香りは……フルーツ系かな。ちょっと甘い匂いだ。

脱衣所に消えて十秒で戻ってきた柏木はシャワーのお湯を捻ってからオレの後ろへ回り込んだ。

オレの背中を抱えるようにして座って……肩口に唇を落とす。

「比呂」

名前を呼ぶ声は限りなくエロい。この状態の柏木から逃げるのは不可能に近い。

前に回った手が、お腹のあたりを何度も撫でる。それから、胸。……柏木の手は大きい。指も長くて綺麗に整っているのに、ところどころ固くなっているのは昔、喧嘩しすぎたせいだろうか。

「あ……」

移動してきた指が、喉元で止まる。思わず、唾を飲み込んだ動きに合わせて皮膚を辿り、顎へ……。ぐっと力を入れられたかと思うと、顔を後ろへ向けられて唇が重なった。

いつもより、ゆっくりと入り込んでくる舌に戸惑う。

　柏木のキスは奪いつくすような激しいものが多いのに、口の中に入ってきた舌はオレのそれを確かめるように表面をなぞっていく。

「ふ……あ……っ」

　それに合わせるように顎を摑んでいる手と反対の手が胸に当てられる。小さな飾りを緩くつまんで外し、親指で押さえて……快楽を引き出すような触り方ではなくて、ただ何度も行き来するその動きがもどかしくて、体が無意識に柏木にすり寄った。

「だめだ」

　唇を離した柏木が緩く笑みを浮かべる。

「隅々まで洗って、それからな?」

　鼻歌でも歌いそうな調子でオレを抱えて湯舟を出る。シャワーはお湯になっていて、床に降ろされても冷たさを感じなかった。柏木は少しだけシャワーの向きを変えてオレに当たらないようにすると、ボディソープを手のひらに落として泡立て始める。

「想像しろよ、比呂。今から洗っていく場所は全部、あとから舐めてやる」

「……っ！」

　思わず引いた体を後ろから抱えて、柏木が胸元に手を回す。ボディソープのついた手がぬるりと滑って脇の下で止まる。

　もう片方の手がいきなりオレ自身に伸ばされて思わず前のめりになった。咄嗟に浴槽の縁を摑んだけれど……柏木がぴたりと背中に胸を押しつけてきて身動きが取れなくなる。

「や……！」

「そうか？」

首を振ると、すぐ下を握っていた手が離れた。

「嫌ならやめてやろう。比呂がいいように触ってやる」

色仕掛けだからなと今更のようなことを言い、手が太股に移動して何度も撫でるような動きを繰り返す。

膝から足の付け根へ……それからまた膝へ。辿るたびに柔らかい内側へ……。際どいところを掠めて、また膝の方へ降りていく手に気を取られていたら、乳首にぬるりとしたものを感じた。

「ここもよく洗っておかないとな？」

太股とは対照的にこっちの手は触る力がどんどん強くなっていく。

「あああっ」

「ここは嫌じゃないのか？」

じゃあ、と太股を触っていた手も移動してきて両方の乳首を強く擦られて声が上がる。

浴槽の縁を摑む手が滑りそうで……でも他にしがみつくところもなくて。

「ここはあとで念入りに舐めよう」

耳元で囁かれてぞくりとしたものが背中を走る。

「やっ」

「そうか。ここも嫌なのか」

ぱっと離れた手に、視線が泳ぐ。もっと触ってほしかったなんて言えない。言ったら負けだ。これは柏木の色攻撃なんだから。

どうにか呼吸を整えようとしていると、体をぐっと引き寄せられた。

床に座る柏木の上に後ろ向きに座るような形になって、腰に手を回される。

ボディソープを足した柏木の手が、肩に置かれた。

「比呂。ちゃんと想像してるか?」

ぬるり、と肘(ひじ)へ向けて滑る手。そこから、手首へ……。

「ここもあとで舐めるんだぞ?」

何気ない動きなのに、その言葉で体が跳ねた。

手のひらへと移動した柏木の手は……恋人同士が手を繋ぐように指を絡めてから、ゆっくりと指を一本ずつ包み込んでいく。わずかな隙間も丁寧に埋めて、次の指へ……執拗(しつよう)に洗うその仕草に柏木の舌を想像して顔に熱が集まった。

「よくできました」

ぐあ。

これでは、想像してしまったのがまるわかりだ。

「ご褒美、いるだろう」

腰の手にぐっと力が入ったかと思うと、立ち上がっていたオレ自身に手を添えられた。

「かし……」

「もちろん、ここもあとで……な？」

先ほど、指を洗われるときに想像してしまったことは失敗だった。もう手の動きがそうとしか思えなくて……少し触られただけなのに先走りが溢れる。

「あっ」

その液体に気づいているだろうに、柏木はゆっくりとしか手を動かしてくれない。

いつの間にか腰に回していた手も下へ降りてきて、前から奥へと……。

「あああっ」

入口に触れた。

それだけで体が跳ねる。

ゆっくりと挿入された指が浅いところで止まって……。

「舐めてやれるのはこのあたりまでか？」

柏木が楽しそうに耳元で囁く。その言葉に体の奥が熱くなっていた。

足りない、なんて口走ってしまいそうでぎゅっと口を閉じる。

「触ったところは舐めてやるって約束したからな。これ以上奥には入れられない」

浅く入った指をくるりと動かすたびに手のひらで陰嚢を刺激されて足先が震える。

その間にオレ自身を触っていた手が、先端に辿り着いた。蜜をこぼす、小さな穴を確かめるように指が……動いて……。そちらに気を取られて後ろで動く指を忘れた。

「でもまあ、別のものを入れるから奥まで洗うか」

狙いすましたように、指が一気に入ってくる。

「うあああっ」

目の前が真っ白になって……。

柏木が何度も頬にキスを落とし始めて……自分の息が乱れていることに気づく。達した。指、入れられただけで、いってしまった。

「比呂は想像力がすごいな」

指が抜かれて、まだ力の入らない体の向きを変えられる。柏木と向かい合う形で膝に座って……だめだ。柏木をまっすぐに見られない。

「そ……」

想像したのだ、と認めたくない。柏木の舌が浅いところを何度も舐めて、それからオレ自身の先端を……。

「う」

顔に集まる熱が一向に引かない。

見せたくなくて柏木の肩に頭を乗せると、また立ち上がりかけている[illegible]

それがぶつかった。

相変わらず、ドオオオンと存在を主張しているそれに並ぶとオレのなんて可愛いもんだ。ちくしょう。

柏木も無防備に達してしまえばいいんだ、と腰をぐりぐり押しつける。オレの意図に気づいた柏木が肩を揺らして笑うのがますます気に入らない。

「次はふたりで一緒にな?」

オレの手を取った柏木が、そこへ誘導する。

触れると……、全部を包むように柏木の手が添えられる。それだけで柏木のものが波打って形を大きくしたように思えた。

「比呂」

名前を呼ぶ声が熱い。そんな声が耳元で聞こえればオレも、熱くなって……。

「俺も想像してる」

「うわあああっ」

思わず、振り払うように手を外していた。

そっ……想像したって、あれだよな? 手が触れたところを舐めるって……!

柏木がまた肩を揺らして笑っている。オレは多分、全身真っ赤だ。
想像……！　想像した？　オレが柏木のを舐めるって……⁉
なんというか、オレ自身もそうする自分を考えるといたたまれない。
外してしまった手の行き場が思いつかずにバンザイしたまま固まっているオレに柏木が
「比呂、少しひどくないか？」
笑いながら言う。本気じゃない。動揺しているオレをからかいたいだけだとわかっている。
わかっているけど……柏木の言うことにも一理ある。
よく考えてみれば随分自分勝手な話だ。柏木は平気でオレのあんなところやこんなとこ
ろを舐め回してるのに、オレは柏木がそういう想像しただけでまるで嫌がっているみたい
に叫ぶって……。
上にあげた手をどうしていいかわからない。
オレの中にあるおかしな罪悪感を拭う方法が思いつかないわけじゃないけど……実行す
るには相当の勇気が必要で……。
あんまりわからないので、壁にかかっていたシャワーノズルを手に取った。取ってしま
った。
「……っ」
「比呂？」

少し首を傾げた柏木に頭からシャワーのお湯をかける。

「っ、比呂っ！」

さすがに柏木がひるんだ。その隙に柏木の膝の上から立ち上がって……逃げた。

うん、ありえねえ。わかってる。あの状態で柏木を置いていくなんてなんて、ひどいことをと自分でもそう思う。

「比呂っ」

声を無視して風呂場を飛び出した。多少ふらつくものの、まだ体力は残っている。

洗面台にあるタオルを掴んで濡れたまま廊下へ出る。リビングには向かわずに、玄関を入って右手の部屋に飛び込むとすぐに鍵をかけようとして気づいた。

鍵が、ない！

この部屋はオレがひとり暮らしをしていたときに使っていた家具や荷物を置いてある部屋で、以前に柏木から逃げるためにオレが鍵を取りつけた。

わざわざホームセンターに行って、ドアノブ分解して鍵つきの部屋にしたはずなのに、いつの間にか元の鍵なしに戻っている。

「あの野郎」

すました顔でオレがいない間に改造しやがって。

じゃあ、と部屋を出てすぐのトイレに駆け込む。さすがにトイレは鍵つきのままだろう。

「比呂！」

ちょうど柏木が出てきたので慌ててドアを閉めた。

がちゃん、という音にほっとする。

同時にぽたぽたと髪から落ちてくる雫(しずく)に、まともに体も拭いていなかったと気づいて手にしていたタオルで全身を拭いた。

拭いたのはいいいんだけど……。

「寒っ……」

さすがに裸に濡れたタオルだけというのは空調の整った部屋でも問題らしい。

くしゅん、と小さなくしゃみをしたところで柏木がドアを叩(たた)いた。

「比呂、風邪(かぜ)をひく」

「別にいいだろ」

「よくない。開けるぞ」

開け……？　ああ、そうか。トイレの鍵なんて簡単な作りで、コイン一枚で外から開けられるようになっている。

慌てて回りそうになっていた鍵を押さえる。こちらでがっちり押さえてしまうと向こうからは動かしにくいらしくて動きが止まる。

「比呂」

「やだ、変態。消えろ」

口が勝手に動く。

恥ずかしさと罪悪感と。飛び出してきてしまった後ろめたさが混ざって素直になれない。

「比呂」

もう一度名前を呼ばれたところでまたくしゃみが出た。

「比呂！」

柏木の声が少し焦ったものに変わる。

「いいから、出てこい」

「やだ！」

「美味(うま)いもの食べに連れていってやる」

「やだってば！」

「俺が悪かった。何か欲しいものはないか？　なんでも買ってやる」

柏木は悪くない。しいて言えばエロすぎだけど、今回に限っては悪くない。

「いらねえし！」

出られないのはオレの問題だから、そっとしておいてほしい。そう思ってるうちに三度目のくしゃみが出る。

「望みがあるなら聞くから出てこい！」

どん、と扉を叩かれて体がビクリと跳ねる。もうやだ。

「比呂！」

「過保護すぎるんだよ！　ほうっておいてくれ！」

完全な八つ当たりだ。柏木は心配しているだけなのに。オレは……ただ、想像しただけなんだ。柏木のドオオオオンに舌を這わせる自分を。

それが思ったより嫌でも、なくて。

けれど同時にそう思ってしまったのが超絶に恥ずかしくて。

完全にキャパオーバーだ。純情な自分にびっくりだ。

落ち込んで肩を落としていると、四度目のくしゃみが出た。

「……認める」

すげえ低い声が聞こえたのはそのときだ。

「何を？」

いきなり認めると言われてもわけがわからない。柏木は何か誤解してないか？

「カットモデルを引き受けていい。だから出てこい」

モデル？

ああ、そうか。オレが過保護だなんだと言ったから、カットモデルのことで拗ねていると思っているのか。

「……」

完全な八つ当たりだったのに……思わぬところで許可が出た。

「ほんとに？」

小さな声で確認してみる。

「あとからやっぱりダメだとか言わねえ？」

「言わない。お前との約束だ」

少し冷静になってきた。この状況を利用してしまったみたいで申し訳ないけど、ほんとの理由が言えるわけもない。

せっかくカットモデルの許可が下りたんだからこのまま出ていってもいいかな……と思ったとき、扉の向こうから唸るような声が聞こえた。そういえばオレ、どうしようもない状態で柏木を風呂に残してきたな。

この状態で出ていったらあんなことやこんなことをされ放題じゃないか？

「……じゃあ、撮影が終わるまでセックスしないって約束してくれたら信じる」

「なんだと！」

この世の終わりみたいな悲痛な声が響く。いや、セックスしないと死ぬってわけでもないだろう。

う、うーん……でもさすがにこの条件は柏木に厳しすぎるのか？

悩んでいるうちに、五度目のくしゃみが出て……。

「比呂っ！　わかったら、出てこい！」

柏木がドアを壊しそうな勢いで殴りつける音がする。でもそれ以上に柏木が条件を呑んだことに驚いた。くしゃみの威力、すげえ。

「約束守れよ？」

そうっと、ドアを開くとものすごい勢いで全開にされた。バスローブを引っかけただけの柏木はこっちが引くくらいの顔で距離を詰めてきて、オレを持ち上げる。

「うわっ」

肩に担がれて、風呂場に逆戻りだ。

「温まるまで、出るな」

厳命されて、湯舟に放り込まれる。まあ、体が冷え切ってたから助かったけど……。

そのまま柏木が出ていこうとするから、バスローブを摑んだ。

「柏木も体、冷えてるんじゃねえ？」

「……それくらいでないと我慢できない」

そうですか。

まあ、柏木は風邪とかひかなそうだよなと思って手を放す。風呂場を出た柏木が髪を乾かしている音がしてちょっとほっとした。

迎えた週末。

上機嫌で渋谷に降り立ったオレは楢さんから教えてもらった貸スタジオへ向かっていた。スタジオ、といっても撮影がないときはカフェとして営業しているところらしい。

亮とは駅近くで待ち合わせて、そこまでは高崎さんに送ってもらった。高崎さんは今も離れてついてきてるはずだけど、見回してもその姿は見えない。あのくたびれた背広はやっぱり周囲に溶け込むのが早い。

「ここの、最上階みたいだな」

大きな通りから少し離れた古ぼけたビルの前で亮が立ち止まる。店のホームページで確認した感じだと、屋上に小屋が建ってテラスが広く取られているような造りだった。

小さなエレベーターに乗り込んで最上階に降りると、そこがそのまま店内だった。

ブラウンの板張りの床に、天井の白いシーリングファン。柱や壁にはところどころターコイズブルーが使われていて落ち着いた雰囲気だ。

三人くらいが座れる小さなカウンターの向こうにはいろんな種類のお酒が並んでいる。

店内には赤いソファと緑のソファの二席。その先にテラスがあるけど低いビルなのにちょうど周りに大きな建物がなくて空が近く感じられた。

テラスの方が店内より広くて、白いパラソルが四つあり、白木のテーブルと椅子（いす）が並ん

でいる。普通にカフェの営業をしているときも来てみたいお洒落な店だ。

「いらっしゃい、比呂ちゃん。亮君！」

�さんが大げさに手を広げて近づいてくるから亮とふたりで避けた。ウィンクくらいは受け止めても、榴さん自身は受け止め切れない。

それでも榴さんは気にした様子もなく笑ってる。うん、メンタル強いよな。

「この間はすみません、無理言って」

亮が爽やかに笑ってる。何かを誤魔化そうとするときによく浮かべる笑みだな。

「いいのよ。たくさん仕事ができてこっちも楽しかったし」

亮が言うこの間とは、オレが女装で脱走をしたあの日のことだろう。亮ならなんとかしてくれると榴さんを託したオレの判断は間違ってなかった。

あのあと、亮は榴さんを朝霞の屋敷に連れていったらしい。職業柄、美容院には行けない連中がいるから『髪を切ってほしい連中がいるんです』と。危険だからとは言わずにとちょっと苦しい言い訳をしたみたいだ。まあ、朝霞組のお洒落度が上がっても誰にも迷惑はかけない。

朝霞の屋敷は誤魔化しようのない、和風の『いかにも』な感じの建物だ。きっといろいろ察したに違いないけど、何も聞かずに朝霞組の人たちをお洒落に変身させた榴さんはプロだと思う。

「いい場所ですね」

「そうでしょう？　知り合いの店でね、いつもは十時から深夜までやってるの。今日は用事があって十六時まで店を閉めるから自由に使っていいって。昼過ぎには終わるように予定は組んでるけど、ゆっくりしても大丈夫よ。奥に控室あるから、そっちで髪を整えてメイクしましょうね。カメラマンはもう少ししたら来るから」

背中を押されるようにしてカウンター横の、奥へ続く通路へ向かう。

右にふたつ、左奥にひとつある扉は、ちょうどカウンターの裏側になる左の扉がスタッフルーム。右の扉は手前がトイレで、奥が控室のようだ。

扉を開けると、そこは八畳ほどの空間があった。中央には小さめの四人掛けテーブルがあり、左の壁際にはロッカーが並べられている。右の壁際は美容院のように大きな鏡が置いてあってカウンターになっていた。奥の角はカーテンで仕切られているからそこで着替えができるんだろう。置かれたハンガーラックには数着の服がかけられていた。

鼻歌でも歌いそうな楢さんに促されて鏡の前の椅子に腰を下ろす。

「あ、亮君はそっちで先に着替えてて。あとで比呂ちゃんと交代ね。服に名前と番号振ってるから亮君一番からお願い」

鏡越しに見ていると亮が札のついた服を眺めていた。というか服より、ついている札が気になる。事務的に『亮①』とでも書いておけばいいのに、むっちゃデコられてる。わざわざハートにカットされてるし、アイドルのコンサートに持っていくうちわ並みのクオリティだ。楢さんの気合の入り方が伝わってくる。

「さあ、始めましょう!」

楢さんが満面の笑みでそう言って、オレに大きなケープをかけた。


「うわ、亮。モテそう!」

控室を出てきた亮のジャケット姿に思わず声を上げた。オレが控室を出るときにはまだジャケットなんて着ていなかった。

黒のテーラードジャケットにボーダーのカットソーを合わせてジーンズを穿いている。文句なしの爽やかさだ。合コン行ったらモテるやつだ。少しまくった袖から高そうな時計が見えているのもポイントが高い。

オレはグレーのテーラードジャケットに白のカットソー。丈が短めの黒のズボンだ。お互い、シンプルで好印象を与える服。髪型がメインの撮影なので服はおとなしめにしたんだろう。楢さんのことだから派手なものを用意するかと思ったけれどいい意味で裏切られた。

「やっぱりふたりとも綺麗よねえ。とくに比呂ちゃん!」

「はい?」

「ここ最近、ぐっと大人っぽくなった気がするのよねえ。いい恋、してるんじゃない？」

いい恋？

恋はともかく、相手が柏木では『いい恋』だと言い切れる自信がない。だってアイツ、変態だし。

「あら、否定しないなんて意味深だわ」

「はは」

とりあえず曖昧に笑っておこう。柏木浩二という存在を否定する気はないが、これがオレの恋人ですと声を大にして言うには……ちょっと存在が特殊すぎる。

「もしかして、比呂ちゃんが住んでるマンションって新しい恋人の？」

楢さんはするどい。まあ、今まで美容院ではいろんな会話をしていたからオレがあんなマンションに住んでるのはおかしいと思っていたのかもしれない。

「あらやだ！　もう、そういうことなの？　そうよね、比呂ちゃんくらいだったらお金持ちの恋人なんてすぐに作れるわよねえ」

「いや、あの……その……」

「昔から私が言ってたじゃない。比呂ちゃんはしっかりした年上の人がいいって。その辺の若い女の子じゃや、比呂ちゃんの魅力は理解できないでしょ？　私的には亮君と恋人同士になるのが一番だって思ってたけど、比呂ちゃんも亮君もその気がないみたいだからもう比呂ちゃんは社会に出て大人の人に見染められるまではちゃんとした恋愛できないんじゃないかって心配してたのよ」

ノンブレス。ああ、楢さんは前からこうだ。恋愛の話となると目の色が変わって一気に語りだしてしまう。話は面白いし、腕も確かなんだけど楢さんに恋愛話を振ってはいけなかった。

恋バナが大好物の楢さんの話をどうかわそうか悩んでいたら、携帯が鳴った。

「ちょっとごめんなさいね。カメラマンからみたい」

画面を確認して奥へ行く楢さんにほっとする。

「比呂」

その姿を見送って亮が近づいてきた。

「何が？」

「今日、本当に大丈夫だったのか？」

「柏木さんだよ。よく許可が下りたな」

ああ、それかあ。

「トイレに籠城した」

「……」

亮が呆（あき）れたように天井を見上げる。籠城以外にもいろいろあったけど、その全部を説明するわけにはいかない。

「柏木さんは苦労してるよな」

「何がだよ。苦労してるのはオレだよ！」

そこははっきりさせておかなければいけないと思ったのに、大きな溜息をついて首を振るのは間違っている。

「まあ、幸せそうで何よりだ」

そんな言葉で締めくくられても……と文句を言おうとしたときにエレベーターがポンと軽快な音を立てた。誰か来たらしい。このタイミングだからカメラマンの人だろう。

カメラマンというからにはちょっと芸術家っぽくて気難しいのかなと思っていたけれど、現れたのはひょろりと背の高い普通の人だった。くるりと丸い目が好奇心いっぱいによく動いている。

「あ、こんにちは。長谷川です。ちょっと荷物多いからまたあとで！」

長谷川、と名乗ったその人はいくつかの荷物を下ろしてまたエレベーターの中に消えていく。荷物が多いなら手伝った方がいいかなと思って近づくより早くドアが閉まった。せっかちな人かもしれない。

他に何かできることはあるかなと、下ろした荷物を見てみるけど……うん、機械が多そうだし、下手に触ると逆に怒られそうだ。

「改めまして、長谷川です」

戻ってきた長谷川さんが丁寧に頭を下げる。楢さんの知り合いが普通で驚いた。オレと亮もそれぞれ自己紹介して会釈する。

「私が専門学校行っていたころからの知り合いなのよ。学校でイベントやるときとか課題の提出のときにもいろいろ撮ってもらってたの」

「へえ、長くカメラマンやってるんですね」

「まあ、長さだけはね。ほとんど独学で誰にも師事しなかったから、あんまりコネなくて仕事貰えないけど」

ああ、確かに要領は悪そうだ。人の好さがにじみ出たような笑顔だもんなあ。

「長谷川さんはもっと貪欲になるべきなのよ。腕はあるのに、ほんともったいない！」

自分のことのように怒る楢さんに、ちょっと引き気味の長谷川さんは……確かに、競争社会に向いていないかもしれない。でも好きなことがあってそれを仕事にできているというだけで尊敬に値する。オレはまだ、やりたいことすら見つけてなくて中途半端だから。

「もうね、飲みに行くといつも楢くんに説教されるんですよ。でも僕は僕のペースでしか動けないんで……」

飲みにかあ。オレも行きたいな。無理だけど。

「楢くんがよく比呂くんと亮くんの自慢するんだ。すごく可愛い子たちだって。確かにふたりとも素人にしておくのはもったいないよね」

にこにこと笑いながら機材をセッティングしていく。大きなレフ板に照明。名前も知らないような機械は見ていて飽きない。

「手伝いますよ」

亮がラフ板を固定させる三脚みたいなのを手にしているのを見て、オレも！　と手伝った。手伝わない方が早かったかもしれないが、嫌な顔ひとつせずに丁寧に機材を説明してくれる長谷川さんはやっぱりいい人だ。

「じゃあ、始めようか」

そう言った長谷川さんは、いつものスタイルだからと洋楽をかけて撮影を始めた。音楽がかかることで、和気あいあいとしていた空気が一気に引きしまったものに変わった気がする。オンとオフの切り替えにいいのかもしれない。

撮影が始まると長谷川さんはやっぱりプロなんだと思った。

褒めたり、冗談を言ったり……表情をコロコロ変えさせて、そのたびにシャッターを切る。慣れない音にどきりとするけど、また別の話題を振って緊張を解いてくれる。

あのカメラの中に収まっている自分の姿がどんなものなのか純粋に気になってパソコンに移した画像を見せてもらうと、あまりの別人さに驚いた。

現場には大きな音。笑いもあって騒がしいのに、そこに収められていたのは静かな空気だ。

ほんの一瞬、頬を緩めた瞬間だとか、目を伏せた瞬間……。切り取られた場面は動きがないからこそ凝縮された何かがある。光の入り方ひとつにしても今いる場所と同じとは思えない。まるで別の空間にいるみたいだ。

楢さんが『腕はあるのに』って言っていたのも知り合いだからってわけじゃない。長谷川さんの写真にははっきりと長谷川さんの個性が出てる。

すごいすごいとはしゃいで亮の写真のデータを友喜に送ると、友喜からはむっちゃ長文のメッセージが送られてきて笑った。あんまり語ってたからあとでじっくり読もう。

写真に苦手意識を持っていたけど、こういうのなら楽しい。

次々に衣装やメイクを変えて、時間が過ぎるのはあっという間だった。

楢さんにそろそろ時間ね、なんて言われるまで気がつかなかったくらいだ。

「楽しかった！　楢さん、長谷川さん、ありがとう」

素直に笑顔でそう言うと、楢さんも笑って頷いてくれる。けれどその顔が一瞬固まったのは……ちょうどエレベーターが到着した音が響いたときだった。

「え？」

驚いたのはオレだけみたいだ。亮が会釈するその相手は……。

「柏木？　それに玉城さんも」

こんなところまで来るとは思わなかった。柏木と渋谷って似合わないし。

「こっ、こんにちはっ。このたびはいろいろとお世話になりましたっ」

楢さんが緊張した面持ちで柏木に頭を下げている……？

いや、待って。どうして楢さんと柏木に面識があるんだろう。それにお世話になりましたって……。

「どういうこと？」

「ああ、撮影に協力しただけだ」

なんでもないことのように柏木が言う。きっとろくなことじゃない。

「服」

隣にいた亮がぽつりと呟いた。

「楢さんに用意できるようなブランドのものじゃない。そのあたりのスポンサーだろう」

ああ、服か。確かにそういうことならお金を出したりしそうだけど本当にそれだけだろうか。オレが疑いの目を向けているのに柏木は素知らぬ顔で楢さんと話している。

楢さんも楢さんだ。恋バナなんて持ち出しておいて……とっくに柏木と顔を合わせていただなんてずるい。

「まあ、ヤクザが金出すのはそれ以上に利益があると見込めるときだけどな」

亮が苦笑いしている。その視線の先を辿っていくとさっきまで画像を見ていたパソコンの前に玉城さんが座ろうとしているところだった。

「失礼します」

そう言ってカタカタとキーを打ち始める姿に何が起こってるのかと思って玉城さんの手元を覗き込む。その画面に『データを消去しました』という文字が現れて驚いた。

「え、ちょっと何してんの！」

「大丈夫です。比呂さんの写真はこちらに」

玉城さんがメモリースティックを取り出してにこりと笑う。でも何が大丈夫なのかわからない。

「だって、撮影……」

玉城さんが手にしていたメモリースティックはそのまま柏木の手に渡され……今度は長谷川さんのカメラにまでチェックが入る。というか携帯まで？

「撮影は楽しかったか？」

メモリースティックを握りしめた柏木がオレの頭に手を置く。でも、これって絶対データを取り上げてる場面だよな？

今、柏木の手の中にあるのが、今日撮影したすべてだよな？

「カットモデル……」

「約束だからお前の撮影は許可したが、必要なのは宣伝できるカットモデルだろう？」

にこりと柏木が微笑(ほほえ)んだ瞬間にまたエレベーターが誰かを連れてきた。

思わず口を開けてしまったのは、そこにいたのがよく見たことのある顔だったからだ。

「おはようございます」

サングラス越しでもよくわかる整った顔立ちにすらりと伸びた手足。実際に会ったことはないけど、雑誌やテレビで見ない日はない。

「初めまして斎藤(さいとう)いつきです」

モデル!

本物の、モデルだ。しかもパリコレ経験あり、人気急上昇中の俳優でもある。

「きゃあああああっ」

楢さんの叫び声が響く。

「初めましてっ、楢ですっ。ほんとに私なんかのモデルになってもらっていいんですかっ?」

楢さん、跳ねてる。スキップしてる。ハートが飛び交ってる。

うん、オレより斎藤さんの方がいいよね?

「ええ。才能ある方だとうかがっ……」

「きゃああああっ」

楢さんの絶叫で斎藤さんが何をしゃべっているのか聞こえない。

「終わりました。データの流出はないようです」

玉城さんがすべての機器のチェックを終えて戻ってくる。

さっきまでテンション上がって感じなかった疲れが一気に襲ってきた気がする。

「行くぞ」

腰に手を回されて大きな溜息をつく。柏木が迎えに来た以上、撮影を見てみたいって言っても無駄だろう。

「着替え……」

「そのままでいい。費用はこちらで持っている」

そうだった。柏木が買った服だ。荷物は……多分あとで亮が回収してくれるはず。

亮は、いつものように笑顔で手を振ってる。なんかこの光景も見慣れてきたなあ。

「嘘(うそ)つき」

「嘘なんてついてないだろう。ちゃんと撮影は許可した」

そのデータを取り上げたくせに。

「それにあの美容師にとってもカメラマンにとっても人気のあるモデルと仕事ができるというのは今後に繋がる。悪い話じゃなかったはずだ」

そりゃあ、オレの写真なんて柏木から厳重チェックが入るだろうし、使いにくいに違いない。それに、あの斎藤いつきにカットモデルをやってもらったということはそれだけで大きなステータスに繋がる。わかっているけど、面白くない。

「そうだけど……でも芸能人連れてくるなんて」

「気にするな。向こうも大きなスポンサーからの依頼に喜んでるくらいだ」

「スポンサー?」

柏木はヤクザのはず。ヤクザがスポンサーだなんて芸能人にとってはマイナスにならないんだろうか。そんな疑問が顔に出ていたんだろう。柏木がにやりと笑う。

「表の会社は綺麗なもんだ。最近のヤクザはそんなに悪いことしてないんだぞ?」

嘘だ。

柏木の顔が嘘くさい。冷たい視線を投げかけると、肩を揺らして笑っている。どこまでが本当なんだかわからない。

「撮影、楽しかったのに、全部無駄じゃないか」

「無駄じゃないだろう。ここにお前の写真がある」

それ、柏木のコレクションになるだけだよな? 楢さんが髪型やメイク整えてくれて長谷川さんが撮ってくれた写真は、もう柏木以外見ることがないだろう。

「……納得いかねえ」

「そう拗ねるな」

柏木に促されるままエレベーターに乗り込んで、距離がやけに近いことに気がつく。玉城さんが目を合わせてくれない。

あれ、なんかあったっけと考えて……。

「……」

思い、出した。

撮影が終わったらって約束したっけ。

「比呂」

耳元で囁かれる声がくすぐったい。

「近くのホテルを押さえてある」

家まで待てねえのか。

「明日は大学も休みだしな?」

そうだよ、今日は土曜日だよ。

「今日の比呂は少し雰囲気も違って、そそられる」

嘘つけ。雰囲気とかどうでもいいだろ。いつも簡単にそそられてるくせに。

「お手柔らかに……」

「不可能だ」

不可能……不可能って。

背中に冷たい汗が流れる。心なしか、腰に回る手に力が入った気がする。

エレベーターが地上に着く音がむなしく響いて……逃げ出そうとしたオレの体を柏木が持ち上げる。想定内だったんだろう。

「やっ、ちょっと降ろせって！」

ビルの前は細めの道だったはずなのに、ベンツが横づけされている。運転手もこんなところでがんばらなくていいのに。

高崎さんが後部座席のドアを開けて待っているけど……、あれは絶対に笑いを堪えている顔だ。ちくしょう。

後部座席に放り込まれて、ドアが閉められるより早く覆いかぶさってくる体がある。

文句を言う前に唇が塞がれる。

息が、できない。


ホテルに着く前にぐったりしてまた抱えられて部屋まで行ったという事実はオレの中で消去したい記憶になった。

いくら部屋まで専用のエレベーターだったとしても恥ずかしくて死ねる。

「どこから舐める？」

柏木がそう聞いてきたのはもう何回かヤられたあとだ。乱れたシーツの上で息も絶え絶えなオレに投げられた言葉としては不適切だと思う。

「……死ね」

枕を投げつけるけど軽々と受け止められる。ムカつく。

「じゃあ、洗うところからやり直すか？」

無視して目を閉じる。

「比呂」

嫌だ。

「比呂」

無理だ。

いくら髪を優しく撫でたって、人間には限界というものがある。

「比呂、ほら風呂に行こう」

柏木浩二がこんな甘えた声を出すんだって、きっとオレ以外には知らない。こんな幸せそうな笑顔も、オレ以外には見せていないんだろう。

そう思うと少しくらいつき合ってやってもいいかという気はするけど、体が動かない。

「寝かせて」

「まだ夜じゃない」

だったらそんな時間にホテルに連れ込むのもおかしい話じゃないか。

「比呂」

オレの名前を呼ぶ声がはしゃいでる。

愛おしくて仕方ないと……オレを見る目が雄弁に語っている。

ああ、だから柏木浩二という男は質が悪い。

こんなふうに愛されて、一体誰が抵抗できるっていうんだ。

そうっと柏木の首に手を回すと、上機嫌な柏木にゆっくり体が持ち上げられる。

「比呂、愛してる」

愛してる、なんて恥ずかしいと思っていたのにふたりの間では当たり前の言葉になりつつある。そう思うと、やっぱり照れるな。

「オレも愛してるよ、柏木」

顔が近いからついでにキスをしておいた。ついでだ、ついで。軽い、子供がするようなキス。

それでも柏木の目がギラリとするにはじゅうぶんで……。

「やっぱりお前、簡単に煽られすぎだろ！」

「比呂が悪い」

風呂へ行く足が速くなる。

ばん、と大きな音を立てて扉が開かれて、お湯を張った湯舟に入れられた。

いつの間に、お湯……。柏木の情熱が怖い。

シャワーを捻ってからオレに覆いかぶさるように湯舟に入ってきた柏木は飽きることなくキスを落としてくる。それを受けながら、オレはさっき柏木が言った言葉を思い出していた。

『じゃあ、洗うところからやり直すか？』

やり直し。

この間、柏木から逃げたところからの。

「どうした？」

オレはおかしな顔で柏木を見上げていたのかもしれない。だってオレにとってのやり直しは柏木のドオオオオンを舐めるかどうかというところで……。

「比呂？」

ざばっとお湯が音を立てたのはオレが無言で立ち上がったからだ。

洗い場に出たオレは、柏木の腕を取って立ち上がらせるとそのまま湯舟から出るように促して……浴槽の縁に座らせた。

「比呂？　洗ってくれるのか？」

洗う……洗った方がいいのかな。でもまあ、一度お湯に浸かったし平気だろう。そう判断してオレは床に膝をつく。

「比呂？」

柏木が疑問の声を上げたのは、オレが柏木の足の間に顔を近づけていたからだと思う。まさかと思っているだろう。そのまさかだ。

考えることは得意じゃない。

柏木が腰を引くより早く手を伸ばして、それを口に含んだ。さすがにドオオオン、なそれを根元まで咥えることはできなくて先端だけだけど。

オレの突然の行為に、どんな顔をしてるんだろうと上目遣いで見上げて……。ぽかんと口を開ける柏木と目が合った。

ぽかん？

柏木がぽかんって……。

口の中で舌を少し動かすと、柏木がようやくハッとした様子でオレを見下ろした。

「比呂……」

柏木のものが再び質量を増して、先端から出てくるものが……苦い。噂(うわさ)には聞いてたけど、苦い。

ちょっとの量でもこれってどうなんだ？

柏木、これ飲んでたよな？

こんな苦いのに。

そう思いながらも今更吐き出すこともできなくてゆっくり奥へと咥え込んだ。

「比呂」

オレの頭を柏木がゆっくり撫でる。

「比呂、これはこれで嬉しくて仕方ないんだが……」

だが？

「無理だ。お前に入れたい」

両脇に手をかけられたと思ったら体が浮いた。柏木のものも口から離れてしまう。

「え？」

くるりと体を反転させられ、後ろ向きに抱えられる。首を後ろに向けて柏木を見ると、ぴくりとも笑っていなかった。しかも、ものすっごいギラギラしたこの目は見覚えがある。

前に騎乗位したとき、こんな目をして……。

「……っ！」

思わず体が前のめりになって浴槽の縁を手で摑んだ。

「比呂」

柏木がオレの背中にぴたりと胸板を当てる。

「愛してる」

ああ、だめだ。これ、抑えがきかないやつ……！

そこにあてがわれた熱いものに、ごくりと唾を呑んだ。

そういえば柏木、前に騎乗位だって浮かれてたときも、途中で我慢できなくなって自分で動き始めたよなと思い出す。

腰を進められて、すぐにそんなことを考えている余裕はなくなるけど。

「ああぁっ」

根元までオレの中へ入れて……柏木は大きく息を吐く。

「比呂」

名前を呼ばれてうっすら目を開けると、べろりと頬を舐められた。

「あとでちゃんと全身、舐めてやるからな?」

嫌だ、それいらないやつ……!

抗議の声を上げるより早く下から突き上げられて、浴槽の縁にしがみつく。ああ、ヤバい。オレがここにしがみつくことによって体勢が安定してる。安定してるってことは……!

「しっかり摑まってろ」

柏木の動きをオレが受け止めてしまうってことで……!

シャワーの音が響いているはずなのに、それより腰を打ちつける音が大きく風呂場に響く。叫んでるみたいな声が出て……抑えようとするけど、無理で……。

オレの腰を摑む柏木の手の力は跡が残ってしまいそうなほど力強く、少しも逃げを許さ

ない。より深く、より強く……柏木はオレに刻みつけようとしている。

「比呂」

動きながら、名前を呼ぶ声が嬉しそうで。

その動きが、全力でオレを求めていて。

「ああっ」

いつの間にか柏木に合わせてオレの腰も揺らぐ。それに気をよくしたかのように動きがさらに激しくなって……体中を熱が支配する。

柏木が首元に舌を這わせて全身を駆け巡る快楽が強くなる。熱がぎゅっと下半身に集まって……。

「やっ……いやあああっ」

ひときわ大きく腰を打ちつけられて、ぱんと視界がはじけた気がした。

柏木も同時にオレの中に熱を放った。どくどくと溢れるものを受け止めて、呼吸が整わない。

足に力が入らなくて、柏木が抜くのと同時に床に座り込む。

「比呂」

どこか弾んだ柏木の声が遠くに聞こえる。

「まずは洗うか？」

まず……？

待って。嘘だろ。

真っ青になって首を振るのに、柏木が満面の笑みを浮かべてる。

「いや、もう……！」

「明日は休みだしな。体力が回復するまで、ゆっくり舐めてやるからな」

もう逃げる体力は残っていない。


翌朝……朝なのか？　昼にしては随分外が暗い気がする。

「十六時過ぎだ。よく寝てたな」

まさかの夕方。

自分がどれだけ寝てたのかはわからないけど、昨日この部屋に入ったのがお昼過ぎだったことを考えると柏木の体力って恐ろしいと思う。若くてよかった。高校時代にバスケやっててよかった。そうじゃなきゃ、死んでる。

オレがこんなにヘロヘロなのに、柏木は近くのテーブルにパソコンを置いて仕事をしている。どんだけ体力あるんだ……ほんと恐ろしい。

「もう一泊するようにしている。ゆっくりしてろ」

バスローブをこんなに自然に着こなすのは柏木くらいだろう。パソコンの画面を閉じるとゆっくりこちらへ近づいてくる。

「風呂、入るか？　入れて……」

「ひとりで行く」

強く言い切ったオレに柏木が肩を揺らして笑う。

じっとしていると連れていかれそうなので、逃げるように風呂場へ向かった。さすがに追ってこないのにほっとしたけど、念のため鍵は閉めておいた。

風呂を出ると、柏木がタオルを持って待ち構えていた。全身を拭かれて、パジャマを着せられ洗面台の前で髪を乾かされる。どれだけ過保護なんだよ、と思う。

「なあ、柏木」

「なんだ？」

「お前、オレのことなんだと思ってる？」

ちょうど髪を乾かし終えたところでドライヤーの音が止まる。

「どういうことだ？」

「髪くらい自分で乾かせる。ちょっと風呂上がりに体が冷えたくらいじゃ風邪なんてひかねえし、ひいたところですぐ治る。お前が世話焼かなくても大丈夫だ」

その言葉に柏木がふ、と笑う。ドライヤーを置くとくるりと体の向きを変えられた。間近で見る柏木浩二は少しだけ目を細めて、大きな手でオレの頭を撫でる。

「そうだろうな。だが、勝手に体が動く。諦めろ」

「は?」

「理屈じゃねえんだ、比呂。俺もお前に対してここまで簡単に動いてしまうことに戸惑いもするが……、それも心地いい。お前の一挙手一投足に心が動くのが楽しくて仕方ない」

すげえこと言われてる……。恥ずかしくなって、近づいてくる顔をよける。

「ダメか?」

「深いのはダメ」

答えると軽く頬にキスされる。次の瞬間ふわりと体が浮いた。もう柏木に運ばれるのは日常茶飯事で驚きもなくなってきた。慣れって怖い。

「何か食べるか?」

オレにそう聞いた柏木は寝室を抜けてリビングへ向かう。

部屋の中央にある大きなソファの前のテーブルにはサンドイッチやフルーツが置いてあった。オレが風呂に入ってる間に頼んでおいてくれたらしい。少し先にはワゴンがあって、そこにティーポットやブランデーの瓶が並んでいる。

柏木はオレをソファに降ろすと、ワゴンに向かって歩いていく。飲み物を準備してくれるんだろう。昨夜、あれだけオレを酷使したんだからそれくらいは任せようとサンドイッチに向き合った。

しっとりした食パンにシャキシャキしたレタス。少しはみ出たピンク色のハムは、脂の白い部分の入り方が絶妙で『美味いよ』と主張している。

そういえば、昨日の夕食も今日の朝食も昼食も食べた記憶はない。なんてことだ。

勢いよくレタスとハムのサンドイッチに伸ばした手がふと止まる。そのさらに向こうにはカツのサンドイッチがある。肉の断面は赤い色も見えているくらいレアで……つまりあれは豚肉ではなくて牛肉！　ほんのりパンに染みてるソースの香りがここまで届いて、オレは両方を手に取った。

「そう急がなくても」

柏木がティーカップを持って戻ってくる。オレの前に置かれたのはミルクティー。最近ハマってるけど、柏木には言ってない。高崎さんに聞いていたんだろうか。

再びワゴンに戻っていった柏木は今度はミネラルウォーターや氷を持ってきた。それを机に置いて、次は高級そうな深い緑の瓶を持ってくる。自分はブランデーらしい。

「オレもそっちでいいのに」

サンドイッチを口に含みながら言うと、ちらりと視線を向けられた。

「酔いたいのか？」

それはよくないような気がして慌てて首を振る。

酔うと近くにいる人を口説（くど）いてしまう癖のあるオレだ。ここで頷くと、柏木を誘っているみたいだ。

そういえば、とふと気づく。

オレ、この間はそういう気分にならなかったなと。

柏木の浮気を疑って、ひとりでケイさんを訪ねたとき……居酒屋で何杯か飲んだのに、鍋島(なべしま)に触られたときは嫌悪しか感じなかった。時間稼ぎのキスさえ嫌で……。

「……」

じっと柏木を見つめる。

原因はきっと柏木。オレはもう、誰でもいいわけじゃなくなったのかもしれない。

「なんだ?」

オレの視線を感じた柏木が聞いてくるけど、素直に言えなくて首を振る。慌ててサンドイッチを口に放り込んだのは、わざとらしかったかもしれない。

せっかくのハムも牛肉もあんまり味がしなくて、オレは誤魔化すようにテレビのリモコンを手に取った。

スイッチを入れるとちょうど夕方の情報番組が流れていた。この時間はたいした番組はないだろうとそのままにしてティーカップを手に取る。

横でカラン、とグラスに氷を入れる音が聞こえた。

琥珀(こはく)色の液体がグラスに注がれていくのを見ているとやっぱりおいしそうだ。

「ちょっとくらい……」

そう言うと、柏木はブランデーをオレのミルクティーに少しだけ入れる。

「けち」

「そんなことを言って、あとから酔わせるなんて卑怯だとか言うだろう？」

ああ、言うなあ。オレなら確実に言う。

おとなしくミルクティーをすすると柏木は少しだけ笑った。

ふわりと漂うブランデーの香りが気分を落ち着けてくれる。一口飲むと体の奥から温まる気がした。

テレビではちょうど季節限定の苺スイーツを紹介していて、オレが美味そうだと言うと柏木は唇の端を上げる。

「な、美味そうだよな？」

「お前を見てると退屈しない」

「は？　それ、褒め言葉じゃねえし」

そんな他愛もない会話をしながら、柏木はゆっくり酒を飲んで。

沈黙が続いても苦にならない。平和だ、と感じてその理由に思い当たる。

エロがないって、こんなに平和なんだ。オレは柏木とエロなしの時間を多く作りたいと言うと大笑いされた。なぜだ？

後日、斎藤いつきのホームページに長谷川さんが撮った写真が載って話題になった。オレの写真はなかったけれど、少しだけ亮が写っていて友喜からまた長文メッセージが送られてきていた。友喜の熱いメッセージは日本語が破壊されるレベルだ。

楢さんの店はお客さんが増えて嬉しい悲鳴を上げているらしい。芸能人パワーはすごい。

「……なんか、取り残された気がする」

あの撮影場所にはオレもいたんだ。あんなに楽しく撮ったのに、その写真を見るのが柏木だけって。

「比呂さん、社長が今日は遅くなるからこれをと」

玄関先に呼び出されていた高崎さんが紙袋を持ってやってくる。前にホテルの部屋のテレビで見ていた季節限定の苺スイーツの紙袋だ。また無駄に権力使って誰かに買いに行かせたに違いない。

アイツは確実に『美味いものを与えておけば大丈夫』と思っている。そしてそれが間違いでないのが悔しい。だって、美味いものが目の前にあればいつまでも不機嫌なままでいられない。でも、柏木はオレを甘やかしすぎじゃないか？

「……高崎さん、今日の夕食ってなんだっけ？」

「まだ作り始めてないようですが、何か食べたいものでもありますか？」

「うん、オレが作る」

「え？」

「オレが作る」

もう一度言って、立ち上がる。

柏木に甘えた生活は心地いいけど、オレも少しは自立していかないと就職なんて認めさせられない。小さなことから動かなきゃ。

「カレーでも作ろうかな。材料、ある？」

カレーだったら柏木が遅く帰ってきてもすぐに食べられるし、今日は無理でも明日食べられるだろう。これでもひとり暮らししてたんだ。簡単なものくらいなら大丈夫。

「高崎さんも食べていく？」

キッチンに向かいながら聞くと、真っ青な顔で首を振られた。

「え、地味に傷つくんだけど……」

「比呂さんの手料理を社長より早く口にすることなんてできません！」

ああ……、確かにそういうところ柏木は面倒くさい。

執着心の塊のような恋人を持つと苦労する。

「じゃあ柏木に許可取っとくよ」

なんて簡単に言って、メールを送ると秒で返信が来た。

『すぐに帰る。誰にも食わせるな』

仕事はどうした？

『遅くなるんじゃなかったのか』

『すぐに帰る』

また秒で返ってくる返事に、玉城さんごめんなさいと心の中で謝る。これ、絶対周りに迷惑かけるやつだ。

『まだ作り始めてもないから、すぐに帰る必要はない』

『すぐに帰る』

三度返ってきた同じ答えに、もう諦めるしかないかと思う。

「柏木、すぐに帰ってくるって」

「ええっ！」

高崎さんの驚きように、今日の仕事は重要なものだったんじゃないかと不安になる。

「たっ、玉城さんに伝えてきます！　社長から目を離さないようにと！」

ああ……やっぱり重要な仕事なんだ。そして柏木は抜け出してくる気だ。

それでも、すぐに帰るという言葉に心が弾まないわけではなくて……。

ふわりと温かくなる心を感じながらオレはキッチンに向かった。

あとがき

『ヤクザの愛の巣に鎖で繋がれています』を手に取っていただき、ありがとうございます。稲月しんと申します。『ヤクザから貞操をしつこく狙われています』の続きをこうしてお届けすることができるのも皆さまのおかげです。

相変わらずの比呂とそれに振り回される柏木。題名にあるとおり鎖で繋がれるんですが、深刻にならないのは比呂のせいですかね。監禁好きの皆様には怒られるんじゃないかと思うくらい、悲愴感が足りない……。バタバタしているふたりを温かく見守っていただければと思います。

秋吉しま先生には今回も素敵なイラストを描いていただきました。ケイの色気にクラクラです！　また、編集のＧ様には本当にお世話になりっぱなしで申し訳ありません。ありがとうございます。

長い間お待たせいたしましたが（待っていてくださったと信じてます……！）楽しんでいただければ幸いです。

稲月しん

稲月しん先生、秋吉しま先生へのお便り、
本作品に関するご意見、ご感想などは
〒101-8405
東京都千代田区神田三崎町2-18-11
二見書房　シャレード文庫
「ヤクザの愛の巣に鎖で繋がれています」係まで。

本作品は書き下ろしです

ヤクザの愛(あい)の巣(す)に鎖(くさり)で繋(つな)がれています

【著者】稲月(いなづき)しん

【発行所】株式会社二見書房
東京都千代田区神田三崎町2-18-11
電話　03(3515)2311［営業］
　　　03(3515)2314［編集］
振替　00170-4-2639
【印刷】株式会社 堀内印刷所
【製本】株式会社 村上製本所

落丁・乱丁本はお取り替えいたします。
定価は、カバーに表示してあります。

ISBN978-4-576-20076-7

https://charade.futami.co.jp/

今すぐ読みたいラブがある！

稲月しんの本

ガキみたいに、一日中お前を犯すことばかり考えていた

ヤクザから貞操をしつこく狙われています

イラスト＝秋吉しま

顔だけは超絶にいい普通の大学生・秋津比呂が目覚めると柏木と名乗るヤクザがいた。ホテル、全裸、記憶なし。逃げを決め込む比呂だったが、実に楽しげな柏木に先回りされその手に落ちてしまう。悔しいほどに男前で、ヤクザのくせに笑うと意外に可愛いエロ親父。簡単に囁かれる愛の言葉に流されそうになるが…。